国家出版基金项目
NATIONAL PUBLICATION FOUNDATION

唐人詩中所見當時婦女生活

劉開榮 著

山西出版傳媒集團
山西人民出版社

圖書在版編目(CIP)數據

唐人詩中所見當時婦女生活 / 劉開榮著. -- 太原：山西人民出版社，2014.12
(近代名家散佚學術著作叢刊 / 許嘉璐主編)
ISBN 978-7-203-08684-0

Ⅰ. ①唐⋯ Ⅱ. ①劉⋯ Ⅲ. ①唐詩—詩歌研究
Ⅳ. I207.22

中國版本圖書館CIP數據核字(2014)第205948號

唐人詩中所見當時婦女生活

主　　編	許嘉璐
著　　者	劉開榮
責任編輯	梁晉華
出版者	山西出版傳媒集團·山西人民出版社
地　　址	太原市建設南路21號
郵　　編	030012
發行營銷	0351-4922220　4955996　4956039
E-mail	sxskcb@163.com
	0351-4922127(傳真)　4956038(郵購)
網　　址	www.sxskcb.com 總編室
	sxskcb@126.com 發行部
經銷者	山西出版傳媒集團·山西人民出版社
承印廠	山西出版傳媒集團·山西人民印刷有限責任公司
開　　本	700mm×970mm　1/16
印　　張	10.25
字　　數	120千字
印　　數	1—3000冊
版　　次	2014年12月　第一版
印　　次	2014年12月　第一次印刷
書　　號	ISBN 978-7-203-08684-0
定　　價	23.00圓

《近代名家散佚學術著作叢刊》編委會

總主編　許嘉璐

編委會　王紹培　王繼軍　許石林　李明君
　　　　汪高鑫　趙　勇　梁歸智　樊　綱

（按姓氏筆畫排序）

總策劃　越衆文化傳播·南兆旭

出版工作委員會

主　任　李廣潔

副主任　姚　軍　石凌虛

委　員　周　威　梁晉華　徐　勝　顔海琴
　　　　張文穎　秦繼華　馮靈芝　張　潔

設計總監　李尚斌

設計製作　王秀玲　何萬峰　歐陽樂天

出版說明

近代名家散佚學術著作叢刊選取一九四九年以後未再刊行之近代名家學術著作共一百二十册，編例如次：

一、本叢書遴選之著作在相關學術領域具有一定的代表性，在學術研究方向、方法上獨具特色。

二、爲避免重新排印時出錯，本叢書原本原貌影印出版。影印之底本皆經專家組審定，原書字體大小，排版格式均未做大的改變，原書之序言、附注皆予保留。

三、本叢書分爲八大類，以作者生卒年編次。

四、爲使叢書體例一致，本叢書前言後記均采用繁體字排版。

五、個別頁碼較少的版本，爲方便裝幀和閱讀，進行了合訂。

六、少數學術著作原書內容有個別破損之處，編者以不改變版本內容爲前提，部分進行修補，難以修復之處保留缺損原狀。

七、原版書中個別錯訛之處，皆照原樣影印，未做修改。

八、所選版本之抽印本頁碼標注，起始至所終頁碼均照原樣影印，未重新編排標注新頁碼。

由於叢書規模較大，不足之處，殷切期待方家指正。

總序／披沙瀝金，以爲鏡鑒　◇ 許嘉璐

多年來有一個問題始終在我腦中盤桓：爲什麼在十九世紀末到二十世紀初，在短短的幾十年裏，中國的各個學術領域竟涌現了那麼多大師級的人物？這是中國近代史上一個極爲重要的現象，我認爲，如果不能給出令人滿意的答案，我們撰寫的近代學術史將是不完整的，甚至是缺乏靈魂的。後來我知道，著名人類學家克羅伯曾提出過一個問題：爲什麼天才成群地來？看來這種現象的出現並非中國所獨有，思考其所以然的也大有人在。而在那一次世紀之交中國的情況，似乎應驗了「天才成群地來」這個令克氏久久不解的疑問。錢學森先生曾從相反的方向提出了相同的疑問：爲什麼我們這個時代出現不了杰出人才？後來人們稱這個問題爲「錢學森之謎」。

要回答這些疑問不是件容易的事。與其迅速地囫圇地探尋，不如先多了解那些讓中國近代學術（應該包括人文科學和自然科學）史上閃耀着光輝的大師們的作品和自述，從而在腦海裏盡量「復原」他們所處的環境和在那種環境下的心理路徑，從中或許可以得到一些啓示。

有一點是顯然的，這就是他們雖然都已遠離塵世而去，但是他們獨立思考的品性、求知治學的真誠、困厄窮愁中對節操的堅守，恐怕是他們共同的主觀因素，一直影響到現在，而且將會永遠留存下去。

就思想界、學術界而言，二十世紀上半葉是一個新說和舊說碰撞，中學和西學融匯的大時代。那時的學人極爲重視言行操守，同時具備現代知識分子的理想信念；他們的學術研究十分純净，絶少功利因素；他們

的視界開闊，以包容的心態和嚴謹的風格造就了成果的大氣與厚重。至於在客觀因素一面，他們實際是在用工業化時代的事實解說着太史公所說的名山之作「大抵聖賢發憤之所為作」，困厄苦難使得他們「皆意有所鬱結」。這種鬱結，幾乎和個人的名利毫無牽涉，他們永遠不能釋懷的，是民族的存亡、國運的興衰、民眾的福禍和文脈的續斷。

那個時代也是近代歷史上最大規模的中西古今學術調適、創新的時期，學術方法上的交互滲透和融合、創新亦可謂「於斯為盛」。斯時之學人是要在封閉的屋牆上鑿出窗子的勇士，是使人能夠看看外部世界的第一批導夫先路者；或者可以說，他們是在「意有所鬱結」時「彷徨」和「吶喊」的「狂人」。

相對於那時的哲人們，後來者是幸運兒。現在的形勢是，近三十年來學界空前繁榮，眾多學科有了長足之進，其中很重要的一點是學界有了更新穎、更廣闊的國際視野，似乎接續上了百年前的學壇盛事。但細想想，「古」與「今」還是有差別的。其異，主要不在於世界情勢、學術進展、工具改善這些客觀存在，而在於在廣泛吸收各國優長的同時，自身文化的主體性越來越受到重視，換言之，「拿來主義」已經延長了「拿來」的程序，加上了試用、甄別、篩選、吸收、融合、成長。就我孤陋所見，在當今地球上，面向所有異質文明，努力汲取我之所缺，其範圍之大和心態之切，似乎無出中國之右者。從這個角度說，我們已經超越了前輩。但是事情還有另外一面，學術，特別是人文學科，其職業化、「沙龍化」和功利性，以及隨之而來的浮躁病卻嚴重了。從這個角度說，是不是我們已經退得夠可以的了？而這是不是我們這個時代出不了大師的原因之一呢？

民國學術界的特點之一是極為注重對傳統的反省、批判與繼承。他們對傳統文化盡最大的努力進行整理

和研究。一方面，由於戰亂頻仍，民不聊生，學者們擔起了讓中華文化薪火相傳的歷史責任；另一方面，他們要通過對中國傳統文化的整理、挖掘來重振民族自信心。這一時期對傳統文化進行整理的全面而深入是前所未有的，舉凡文字學、語言學、經濟學、法學、哲學、政治制度、書法繪畫、金石學……規模之宏大，研究之精微，令人嘆爲觀止。

民國學術推動了現代學科體系的建立。在對傳統文化整理和研究的基礎上，吸收西方的文化思想和理念，推動和建立了中國現代學科體系。例如，在對語言文字和音韻學成果進行整理、研究的基礎上開始着手規範之，建立了國語學；深入研究書法、國畫，將其融入了現代美術學科；在廢除舊有學制後逐步建立起小、中、大學較完整的科目和學科體系。

民國學術也改變了傳統學術方式，建立了新的研究範式。以現代科學考古爲發端，科研的實踐和成果使中國知識界真正認識到在實驗、比較基礎上的邏輯分析對學術研究的重要，推進了中國學術的一大演變。至於我們常說的打破士大夫傳統，走出書齋到田野鄉村和市民中進行調查研究，結束了經學時代，以歷史眼光檢視儒學和諸子等等，都是確立新學術範式的努力。這一轉變，也標誌着中國學術界脫胎換骨，全面進入了現代，爲此後的學術發展奠定了堅實的基礎。當然，西方啓蒙運動以來，在「現代性」和「現代化」裏潛伏着的缺陷和謬誤也傳到了中國，這些不能不在前哲的著作裏留下痕迹。這並不奇怪。類似的情況，古往今來孰能免之？猶如今天的我們，誰敢自稱我之所見就是永恒的真理？在這個問題上兩個時代所異者，或許就在昔時大家創立新說或譯註西學著作，往往是懷着對學術和前哲的敬畏而爲之，故而常常誤不在我；當今則往往出於對學問和他人的輕蔑，或以所研究的對象爲謀己的工具，因而難辭主觀之咎吧。翻閱他們的心血之

作，這些復雜的狀況可以顯見，可以視之爲我們的一面鏡子。

滄海桑田，世事變幻，歷史的動盪和時代的遮蔽，使當年許多大師的一些極有價值的學術著作被棄於故紙堆中，不能不令人有遺珠之憾。爲此，山西人民出版社不惜以數年之艱辛，披沙瀝金，編輯出版這套近代名家散佚學術著作叢刊，凡一百二十册，計文學、史學、政治與法律、美學與文藝理論、民族風俗、宗教與哲學、經濟、語言文獻共八大類別。所選皆爲作者之純學術著作，無論是其見解、精神，抑或是其時代烙印，都是後輩學人可資借鑒的寶貴財富。他們出版這套叢書，意在讓世人不忘來程，知筆路藍縷之不易，爲民族文化的傳承再增薪木。

出版社的初衷，與我近年來所思所慮近似，故願略述淺見於書端，以與策劃者、編輯者和讀者共勉。

二〇一四年七月六日
改定於自安東回京途中

前言/ 猛回頭，那支支紅燭
——二十三種民國文學研究著作概覽

◇ 梁歸智

「視爾夢夢，天胡此醉？於時處處，人亦有言！」

此聯乃北京宣南（宣武門外舊城區）北半截胡同四十一號中「莽蒼蒼齋」楹聯。齋主何人乎？即戊戌變法失敗而捐軀之「六君子」中翹楚譚嗣同字復生號壯飛者也。慈禧太后發動政變，逮捕維新黨人，友人勸譚嗣同逃避，他堅辭曰：「外國變法未有不流血者，中國變法流血請自嗣同始。」乃於一八九八年九月二十四日被捕，繼而遇害於菜市口。臨刑前大呼曰：「有心殺賊，無力回天，死得其所，快哉！快哉！」

自此而後，果然為變法——改變社會制度而流血不止，一九一一年十月十日辛亥革命成功，中國歷史上最後一個封建王朝被推翻，一九一二年一月一日中華民國成立。然餘波未息，新瀾迭起，袁世凱竊國，張勳復辟，北洋軍閥混戰，國民黨軍北伐，中國共產黨成立，國共爭鋒，時而合作，時而破裂，日本入侵，八年抗戰，勝利後繼以三年內戰，終於以一九四九年十月一日建立中華人民共和國而告一大段落。

從一九一二年一月一日到一九四九年十月一日，凡三十八年，此即「民國」時段也。

三十八年過去，彈指一揮間。戰焰紛飛，生靈塗炭，歷史真是「相斫書」！而文明的燭火，點點簇簇，飄曳閃爍於如磐夜氣之中，雖遭暴風，遇疾雨，而終不熄不滅。其中最具象徵性的事件，乃一八九七年二月二十一日在上海成立之商務印書館，於一九三二年一月二十九日遭日本侵略軍針對性轟炸，占全國出版量百

分之五十二的出版巨頭損失一千六百三十萬元，百分之八十以上資產被毀，其所屬東方圖書館同時被炸，四十五萬册圖書化作劫灰，其中有無數古籍善本、孤本！日軍侵滬司令鹽澤幸一狂呼："炸毀閘北幾條街，一年半就可恢復，只有把商務印書館、東方圖書館這個中國最重要的文化機關焚毀了，牠則永遠不能恢復。"而劫難後的商務印書館，懸掛出"爲國難而犧牲，爲文化而奮鬥！"的巨幅標語，經半年即宣告復業，實現了"日出一書"的奇迹。

由於歷史演變的吊詭，民國時期的出版物，在一九四九年以後的中國大陸，大多數遭遇了被遺忘的命運，沉埋於少數圖書館的塵封角落。斗轉星移，時來運轉，二十一世紀進入了第二個十年，山西人民出版社推出這套叢書，遴選民國出版的若干學術精品，分學科編纂，蔚爲盛事大觀。此分卷是對中國文學（主要是古典文學）的研究，共二十三種。下面對這二十三種書籍作一個概覽性的介紹。

先看這些書的作者。生年不明者毋論外，出生最早的當屬韓柳文研究法的撰者林紓，他誕生於一八五二年（清文宗咸豐二年），卒於一九二四年（民國十三年——一九一二年爲中華民國元年）。出生最晚的是陶淵明批評的作者蕭望卿，誕生於一九一七年（民國六年）。這二十位作者中，一些是後來成爲大家的著名人物，林紓之外，有大學者徐珂、章太炎、陳寅恪、呂思勉、陸侃如、周貽白、趙景深，著名作家蕭乾等。此外的作者，則屬於有一定學術建樹或僅留下少量著述的文化人。

從作品看，這二十三種著作有某一種文學或某個人作品的分論，如詩經之女性的研究、曹子建詩的研究，也有某一長時段的文學史或文藝理論性質的概說，如清代詞學概論、中國戲劇小史。其中陸侃如三種，趙景深兩種；而陳寅恪和蕭望卿的兩種著作研究對象相同而又篇幅短小，合爲一册；陸侃如有兩種合爲一册。故，這裏一共有二十位作者的二十三種著述，却是二十一册文本。

分冊介紹述評，是按照著作內容所關涉之中國文學史發展綫索的先後爲序？還是以研究者的情况或者書冊的寫作出版先後爲序？却是一個頗讓人躊躇的問題。因爲近四十年的民國，正是中國社會從傳統向近現代激烈轉型的時段，不僅作者的思想認識，書册的觀點立場，而且連書寫的語言文風，都存在鮮明的古今遞嬗演變的痕迹。經考量，決定采取折衷的立場，即基本上按照文學史發展的脈絡綫索，先概説性著作，後專題性研究，同時顧及其他因素，將徐珂、林紓、章太炎的三種以文言文表述的著述放在最後予以推介月且，也算是對横跨清王朝與民國兩代之文化先驅者的致敬。

中國文學小史，作者趙景深，生於一九〇二年，卒於一九八五年，主要以元雜劇、宋元戲曲本事、宋元南戲和古典小説的輯佚考證而名世，代表性著作爲曲論初探、宋元戲曲本事、宋元南戲考略、中國小説叢考等。這本中國文學小史是他二十多歲時的作品，上海的大光書局出版，後再版重印，達二十次之多。他於一九三六年寫「十九版序」，這樣説道：「十年前，我跟隨着新文學浪漫運動的巨潮向前推動，當時我充滿了熱情和詩趣，喜歡説一點帶有情感的話，喜歡像做詩一樣的寫文章。……也許讀者們這樣的愛讀這本小書，使牠達到十九版，清華大學入學考試且曾指定此書爲唯一的參考書，大約都是爲了牠使人讀起來不至於十分頭痛吧？」以西方的學科意識而撰述「中國文學史」，二十世紀以始，共有數百本。第一本中國文學史爲何人所寫？或曰英國人，或曰日本人，或曰俄國人。中國人自己最早撰寫的中國文學史，一般認爲乃林傳甲一九〇四年撰中國文學史，黃人（黃摩西）亦於同年撰同之書。林著是在當年之京師大學堂即後來之北京大學撰成，黄著是在當年之東吳大學即後來之蘇州大學撰成，歷史演變的軌迹斑斑俱在。趙景深的這本「小史」，名副其實，牠篇幅很小，如作者自表，「我只是寫一本中國文學的常識」；或者，「我是在説一個故事」。其特色不在學術含量的全備高深，而在簡略概約，蜻蜓點水，却時見談言微中；同時文風清麗活潑，很適於普

《中國文學小史》凡三十五節，第一節「緒論」，第二節「詩經」，第三節「屈原宋玉」，第三十四節「清代的詩文」，第三十五節「最近的中國文學」。從詩經、楚辭始，司馬相如和司馬遷，曹氏父子，陶淵明與謝靈運，唐詩，宋詞，元曲，明清的小說，傳奇和詩文，面面俱到，而最後一節，更有聞一多、汪靜之等的詩歌，郁達夫、魯迅等的小說，田漢、丁西林等的戲劇，周作人、朱自清等的散文等。

比起今日的文學史經典著作，此書自然不可能在材料的全備準確和學理的系統精深方面爭勝，也頗堪注目，即那時還沒有後來的一些教條框架，因而一些說法能讓人眼前一亮，細想也頗堪玩味。如論到李白和杜甫的同異，這樣對比：

李白：南方化、仙品、出世、浪漫、受道家影響、才、情、樂自然；

杜甫：北方化、聖品、入世、寫實、本儒教見地、學、性、泣時事。

與後來的經典化定位大同小異，而更加言簡意賅，同時還有一些生動的表述，如這樣談論李白：「我們也曾想像到一個眸子炯然，腰束玉帶，身穿宮錦袍，在采石磯邊狂歌於船頭的詩人麼？這便是天才豪放的李白。」後面對李杜的「優劣」也一語到位：「李白是樂天的，杜甫是悲觀的。」「他們兩人作風如此不同，當然我們不能分出優劣來。」比起一九四九以後幾部文學史的某些教條化論述，以及郭沫若的《李白與杜甫》立場偏頗，民國時期學人的思想自由客觀公允躍然紙上。

《詩經之女性的研究》，謝晉青著。此書曾作為商務印書館「國學小叢書」、「萬有文庫」而數次出版重

印。謝氏生於一八九三年，卒於一九二三年，乃日本留學生、南社社員，另有譯著西洋倫理學史（原作者日本人三浦藤作）。詩經之女性的研究共十節，其實就是對十五國風是愛情婚戀詩歌的思想與藝術分析評價。其「緒論」說：「我這次是想在詩經中，發掘古代婦女問題的，並不是做考據底工作，在意義方面，我們總以詩底本義爲歸宿，那些不可靠的誤解，我們一概不取。在藝術方面，我們總以普遍而真摯的平民主義爲歸宿，那些不自然的附會穿鑿，我們也一概排斥。」「結論」則總結說：「詩經底十五國風，原來存詩一百六十篇，其中經我認爲有關婦女問題的，共計八十五篇。這八十五（篇）詩，若再依性質來區別，那就是：最多的爲戀愛問題詩，其次即爲描寫女性美和女性生活之詩，再其次就是婚姻問題和失戀問題底作品了。爲什麼戀愛問題底作品，占最大的數目呢？這就因爲兩性問題，是在人類生活上，占最重要的地位底證據。」

此書的許多具體分析賞鑒相當細緻，頗能體現民國以來西方推崇女性張揚人性思潮對古典文學研究的影響，一九四九年以後中國文學史中的相關評述，傾向立場，實承其緒。

有關楚辭的著作，共選有兩種：陸侃如屈原與宋玉、何天行楚辭作於漢代考。

陸侃如，生於一九〇三年，卒於一九七八年，是二十世紀五六十年代中國著名古典文學專家，他與夫人馮沅君合著之中國詩史是開創性的著作。此外撰有樂府古辭考、陸侃如古典文學論文集、中國文學史簡編、中國古典文學簡史，及與高亨合著楚辭選，與牟世金合著文心雕龍選譯、劉勰論創作、劉勰與文心雕龍等。屈原與宋玉是在他的處女作屈原、宋玉基礎上整合而成，卻也算得上這一研究領域初具規模的「集大成」之作。書共六節：一、引論；二、屈原的生平；三、屈原的作品；四、宋玉的生平；五、宋玉的作品；六、餘論。最後列「參考書目」，自王逸楚辭章句、洪興祖楚辭補注、朱熹楚辭集注以下凡四十種。可以

說，後來關於楚辭研究的許多重要問題都已經有所體現或涉及，算得上是此領域近現代研究的一冊早期代表性著作。

楚辭作於漢代考的作者何天行生於一九一三年，卒於一九八六年，對浙江遠古文化——良渚文化的發掘考證有重要貢獻，出版有杭縣良渚鎮之石器與黑陶，是著名的考古學著作。楚辭作於漢代考受當時顧頡剛疑古學派的影響，論證楚辭各篇皆作於漢代，離騷的作者是淮南王劉安。這種觀點是楚辭研究中的一家之言，後來朱東潤也持相近觀點。楚辭作於漢代考的寫作曾受到蔡元培的鼓勵，完成於抗日戰爭發生前夕，作爲一種歷史痕迹，於楚辭學的演變具有參考價值。

漢代詞賦之發達，商務印書館一九三五年出版，其作者金秬香，生平待考，他另有駢文概論一書，爲商務「萬有文庫」第一集中叢書，則金氏乃當時知名文化人無疑。漢代詞賦之發達共十章，對漢賦作了比較全面的考察研究，其第一章「辭字之解釋」辨析「辭」與「詞」字義語源的來龍去脈，認爲「楚辭漢賦」中「辭」應作「詞」，故全書行文，皆稱「詞賦」。其後各章，對「賦字之定義」、「詞賦之源流」、「詞賦之用」、「詞賦之分析」、「漢代詞賦之所由盛」、「漢代詞賦之所由衰」、「漢代詞賦發達之原因」、「漢代詞賦之變遷」分別討論，漢代重要詞賦作家作品多已涉及，全書行文爲淺近文言。由於詞句多古僻，深入研討漢賦者歷來不多，此書可視爲漢賦研究的早期圭臬。

陸侃如樂府古辭考，完成於一九二五年，商務印書館一九三〇年出版，堪稱是對漢樂府研究的開山之作。共八章，依次爲：一、引言；二、郊廟歌；三、燕郊歌；四、舞曲；五、鼓吹曲；六、橫吹曲；七、相和歌；八、清商曲。序例有云：「樂府是中國文學史上很重要的材料。但是研究起來，較詩經楚辭爲難，因爲沒有適當的參考書。……近來研究詩經楚辭的人很多，但很少有人研究樂府的。這本小冊子的問世，便

〇〇六

是希望能引起讀者對於樂府的興趣，大家來作湛深的研究，使樂府的真價值不致永久的湮沒。」雖是「小冊子」，而能於漢樂府爬梳史料，清理源流，辨析考鑒，確有開闢之功，後來的研究者，實受其惠。此冊還另有陸侃如的一篇論文左思練都考，北京大學出版部一九四八年出版，乃對西晉詩人左思撰寫三都賦構思十年的傳統說法提出异議，認爲「事實上三都賦的構思恐怕超過二十年」，引證古籍，分析辯駁，是一篇專門的考證文章。

原廣州師範學院院長陳一百，生於一九〇九，卒於一九九三年，是一位教育家。其所著曹子建詩研究於一九四〇年由上海三通書局出版，一九七一年香港大地出版社再版。書分上下篇，上篇包括曹植傳略、曹子建集的傳本考略、曹植詩歌的情感、後世諸家對曹植的評論，下篇兩部分，分別是曹植詩選讀和曹植樂府選讀，文末附有清代學者丁晏的魏陳思王年譜。此書也算對曹植其人其詩的一種早期研究的痕迹，可供後來者借鑒參考。

陶淵明之思想與清談之關係、陶淵明批評二書篇幅不大，故合爲一册。前者爲陳寅恪的一篇論文，燕京大學哈佛燕京社一九四五年出版；後者爲蕭望卿著，開明書店一九四七年出版。陳寅恪生於一八九〇年，卒於一九六九，是名震遐邇的文史大師，毋庸多介。蕭望卿生於一九一七年，卒於二〇〇六年，曾先後於西南聯大和清華大學深造，並與聞一多、朱自清、沈從文等大家交往密切，一九四九年後任教於河北師範學院中文系，述而不作，僅有此陶淵明批評傳世。

陶淵明之思想與清談之關係不愧名家名作，條理清明，言簡義豐，實爲後世研陶之先驅。文章首先追溯從漢末、魏到晉的「清談」之風，「然則當時諸人名教與自然主張之互異即是自身政治立場之不同，乃實際問題，非止玄想而已」。「略述淵明之前魏晉以來清談發展演變之歷程既竟，茲方論淵明之思想，蓋必如

〇〇七

是，乃可認識其特殊之見解，與思想史上之地位也。」再討論陶淵明與佛教徒慧遠等頗有交往，而其思想不染佛風，乃因為「蓋其平生保持陶氏世傳之天師道信仰，雖服膺儒術，而不歸命釋迦也」。同時，陶淵明「自以曾祖晉世宰輔，恥復屈身異代」，他的「自然」思想，「與當日實際政治有關，不僅是抽象玄理無疑也」。

最後論定陶淵明作為思想家的崇高地位：「淵明之思想為承襲魏晉清談演變之結果及依據其家世信仰道教之自然說而創改之新自然說。……不似舊自然說之養此有形之生命，或別學神仙，惟求融合精神於運化之中，即與大自然為一體。……故淵明之為人實外儒而內道，捨釋迦而宗天師者也。推其造詣所極，殆與千年後之道教採取禪宗學說以改進其教義者，頗有近似之處。然則就其舊義革新，「孤明先發」而論，實為吾國中古時代之大思想家，豈僅文學品節居古今之第一流，為世所共知者而已哉！」

〈陶淵明批評〉共三章：陶淵明歷史的影像、陶淵明四言詩歌論、陶淵明五言詩的藝術。一九四九年後陶淵明研究的輪廓理路，其實皆在其籠罩之下。

此書前有朱自清的序，言短義豐，對陶淵明批評的價值貢獻，可謂已經說盡。陶淵明「詩最少，可是各家議論最紛紜。考證方面且不提，只說批評一面，歷代的意見也夠歧異夠有趣的。本書『歷史的影像』一章頗能扼要的指出這種演變。在這紛紜的議論之下，要自出心裁獨創一見是很難的。但這是一個重新估定價值的時代，對於一切傳統，我們要重新加以分析和綜合，用這時代的語言，重新表現出來。本書批評陶詩，用的正是現代的語言，一鱗一爪的，雖然不是全豹，表現着陶詩給予現代的我們的影像。這就與從前人不同了。」「本書二三章專論陶詩的作風和藝術，不厭其詳。從前人論陶詩，以為『質直』『平淡』，就不從這方

面鑽研進去。但『質直』『平淡』，也有個所以然，不該含胡了事。本書詳人所略，「陶淵明的創獲是在五言詩。本書說『到他手裏，才是更廣泛的將日常生活詩化』，又說他『用比較接近說話的語言』，是很得要領的。」「歷來評論者推崇他的五言詩，因而也推崇他的四言詩，那是有所蔽的偏見。本書論四言詩一章，大膽的打破了這個偏見，分別詳盡的評價各篇的詩。」

陶淵明之思想與清談之關係用文言行文，簡潔清雅；陶淵明批評則是生動活潑的白話文，沒有一九四九年後的八股教條氣味。今天的人閱讀起來，也感到很親切的。

唐代文學史，陳子展著。陳氏生於一八九八年，卒於一九九○年，一九三三年起一直教於復旦大學，以詩經直解、楚辭直解名世。唐代文學史於一九四四年由作家書屋（姚蓬子在上海開的書店）出版，一九四七年重印，共八章，分別是：一、說到唐代文學；二、初唐詩人；三、盛唐詩人；四、中唐詩人；五、晚唐詩人；六、古文運動；七、唐人小說；八、晚唐五代詞人。對整個唐代文學，作了梳理概述，篇幅不長，內容全面，可以視為後來中國文學史唐代文學部分的早期代表作。其中的說法，今天看來自然不新鮮，放在當年的時代背景下，則頗可稱道。如論李白與杜甫的優劣：

可見一個肯自命為狂者，一個不諱言為腐儒。一個抱超世主義，源於道家思想；一個抱淑世主義，源於儒家思想。一個幻想超昇仙境，一個不忍離開君國。總之，他們的作品都是他們自己生命純真的表白。

大抵李杜於詩的手法上，一個側重自然，一個側重雕飾。風格上一個豪放飄逸，一個沈（即「沉」）鬱頓挫。各有各的價值，各有各的生命。

〇〇九

商務印書館「國學小叢書」有顧彭年杜甫詩裏的非戰思想，一九二八年出版，一九三三年重印，據作者序言，書完稿於一九二五年。商務印書館「萬有文庫」中又有顧氏現代歐美市制大綱一書，一九三〇年出版。此外知道他從事過新體詩的翻譯與創作，其餘生卒年和生平等則概不清楚。杜甫詩裏的非戰思想共五章加一個附錄：一、緒言；二、杜甫傳；三、杜甫的時代；四、杜甫以前及他同時代的反對戰爭的思想與作品；五、杜甫詩的非戰思想；附錄：杜甫時代重要之戰爭與叛亂年表。

杜甫爲「詩聖」，杜詩乃「詩史」，歷來研究繁夥。此書以「非戰思想」爲中心主題，表現出明顯的時代印記。如作者自序中所云：「迨江浙戰爭發生後，作者對於戰爭的惡魔的面龐益認識清楚，這位大詩人的非戰作品，也就愈加湧現在我的腦際了，但因戰爭的驚擾，屢次遷徙，心如蝴蝶，如浮萍，飄蕩無定，不克專心於此，直到逼近年節，始把牠修改好，字數已比初稿增加了一倍以上。」今日之杜甫研究成果已經汗牛充棟，而此冊小書，仍於讀者開卷有益，在於戰爭之兇惡痛苦，人類仍未能完全消弭避免。而此書感同身受的寫法，就不僅是一本研究著作的影響。其緒言末段的感慨最能傳達不以時代變遷而更改的情愫：「我們所處的時代有不少的地方相類似，環境的艱險比他的有過之無不及，我們的兄弟，所流的血淚，所受的凌辱與壓迫與騷擾，比他的時代的人更甚；但當今能代表時代的作品有幾？能真切的表現自己所處的環境的佳制有幾？具有完整，聖潔，毅勇，偉大的人格而爲民衆呼叶的詩人安在？」

唐人詩中所見當時婦女生活，作家書屋一九四七年出版。作者劉開榮，一九三五年考入金陵女子文理學院中文系，一九四一年畢業，一九四三年完成此書。劉開榮後來又去燕京大學歷史系深造，在陳寅恪指導下完成唐代小說研究，一九四七商務印書館出版，一九五〇年再版，一九五三年三版，臺灣亦曾三次重版。

唐人詩中所見當時婦女生活書前除作者自序外，尚有華西大學華西週刊主編陳國樺序、陳中凡序及華西大學英文系外教費爾樸序。陳國樺序末署「(民國)三十二年二月十二日序於華西大學」；陳中凡序末署「於四川成都」；「成都華西壩廣益學舍」，費爾樸序末署「一九四三年春」，「於四川成都」。而劉開榮自序末署「(民國)三十二年一月二十二日於華西壩」，是則其時劉開榮與陳中凡俱任教於華西大學。書之正文共九章：一、引論；二、勞動婦女（上）；三、勞動婦女（下）；四、民間一般婦女的日常生活；五、民間一般婦女的精神生活；六、妓女生活；七、宮庭婦女及貴族婦女生活；八、女冠子生活；九、結論。

陳國樺序有云：「處在中國抗建（即抗戰與建設——引者）的現階段，如欲建設新中國，必須動員二萬萬多女同胞的力量，共同參與偉大的建設工作。著者劉開榮君寫成此書，實無异於提出婦女解放的問題，請大家重新加以嚴肅的考慮，因爲唐代的婦女生活，又何異於現代的婦女生活呢？」

陳中凡序則説：「我以爲此文可以作爲唐代婦女史看。因爲我國古代史家專紀帝王名臣的史績，至今中國史書有帝王家譜之譏。社會上廣大群衆反被擯於史書領域以外，真是憾事。今讀此文，方知史家所忽略的東西，詩人乃一唱三歎，反復申詠。只要後人加以探討，就可以把當日被壓迫的一般婦女實際情形，畢露無遺。」

費爾樸序（英文，劉開榮譯成漢語）贊美：「本書作者劉開榮女士，本人會詩，也善爲富有詩意的散文，可以説是給近代的文學寶庫添上了一幅生動的圖畫——一幅女人的美麗的夢景。『唐代的光榮』不但包括有金漆的畫棟和迴廊，光彩奪目的瓷器，以及吳道子的山水名畫，并且有琳琅滿目的辭林文苑，裏面活躍地呈現着宮庭裏莊嚴的婦女，也舞動着詩人們生花的筆尖。」

劉開榮的自序中則如是説：「本書的目的，不是要研究某一人某一事，而是要像一個攝影專家，把唐人詩中所反映的當時婦女生活的斷片，一一剪下來，拚在一起，使人一看便可得到一個鳥瞰。所以凡能對當時的婦女生活，給一綫光明或一絲暗示的詩料，作者都不肯割捨。尤其關於佔有人精神生活一大部份的兩性間的言情談愛的記載，作者更要把它赤裸裸地呈現在讀者的面前，讓讀者進到他們的精神世界裏面去，不再襲用以往的成見，把君臣的關係拉扯上去，加以牽强附會的解釋了。」

可見這册書，無論作者與評者，都更注重其對「新婦女觀」的弘揚，而於唐代文學研究的價值反而在其次。劉開榮身爲女性，於有關女性的詩作更容易心有戚戚焉。這自然也受當日西學日漸張揚女權等社會情境、時代風氣和思潮的影響。今日的讀者，則更注重其學術層面的價值。如陳汝潔説：「有人説劉開榮的這本書實踐了陳寅恪先生的『以詩證史』的思想，我仔細讀了之後，覺得劉著與陳寅恪先生的《元白詩箋證稿》的這比，還是差別較大的。陳著箋釋元白詩，往往證之以史籍，能使人明了詩中所寫何者爲史實何者爲虛構。在陳來説，『以詩證史』又何嘗不是『以史證詩』。而通過『以史證詩』所揭示出的元白詩中的今典，對讀者理解元白詩具有重要作用。以注釋來説，能注出今典比注明古典難度要大。寅恪先生在元白詩箋證稿中揭示了大量今典，因難能而可貴。而劉著在全書中很少涉及當時的史籍，所以讀後讓人覺得是她從全唐詩中分類披檢關乎婦女詩作，費了不少工夫而欠了一點功力，無法望陳著項背。但劉著是一部有趣的書，她把唐詩中關於婦女的詩作檢索、排比出來，讓人知道唐詩中的這一類。倘若她能夠進一步讓讀者知道詩中所寫的這些婦女生活，哪些合於唐代史實哪些是詩人虛構，那該多好！不過，從書名來看，她大約認定唐代詩歌中所寫即是當時社會中所有，真的嗎？我認爲這需要證明。」

《清代婦女文學史》，一九二七年二月中華書局初版，一九三三年十二月再版，共十七萬五千字。作者梁乙

真，河北獲鹿人，生於一九〇〇年，一九二五年後就讀於上海南方大學，卒年及生平不詳。除《清代婦女文學史》外，尚著有《中國文學史話》、《中國民族文學史》、《中國婦女文學史》和《元明散曲小史》。

《清代婦女文學史》共列舉了漢、滿閨閣名媛、娼門、女冠、難女、乞丐女性作者三百餘人。內容目錄爲：第一編明清兩朝婦女文學之極盛時期；第二編清代婦女文學之極盛時期（上）；第三編清代婦女文學之極盛時期（下）；第四編清代婦女文學之衰落時期；第五編清代婦女文學雜述。

書前有王蘊章序、王燦芝序和自序，書末附錄清代婦女著作家表及人名索引。此書受謝無量《中國婦女文學史》啓發和影響，但後來居上。王蘊章和王燦芝都給予較高評價。當代女性文學研究者也頗加青目，評論其重視女性張揚女權的思想意義高於文學史意義。所謂二十世紀三部女性文學史梁乙真居其二。

《宋代文學》，呂思勉著。呂氏生於一八八四年，卒於一九五七年，是著名歷史學家，其中國通史、秦漢史、讀史札記等都是史學名著。這冊《宋代文學》一九二九年由商務印書館出版，共六章，分別是：一、概說；二、宋代之古文；三、宋代之駢文；四、宋代之詩；五、宋代之詞曲；六、宋代之小說。

此書行文用淺近文言，梳理宋代各體文學的代表作家、演變發展脈絡相當全面，可視爲宋代文學史的早期代表作。其觀點議論，具有二十世紀早期的清明樸實，非如後來受各種所謂「範式」拘限者。如論三蘇之文：蘇洵「筆力堅勁，自以老泉爲最。然老泉好縱橫家言，恒以權譎自喜，而其言實不可用。故其議論，多有不中理者」。蘇軾「則見解較老泉爲高。雖亦不脫縱橫之習，然絕去作用處，時或近於道家。非如老泉一味以權術自矜也。尤妙在能以明顯之筆達之。晚年文字，則心手相忘，獨立千載」。蘇轍「氣象不如其父兄之雄奇，才思橫溢，亦非乃兄之敵。然議論在三家中最爲平正，文亦較有夷然澹蕩之致，則亦非父兄所能也」。《宋代文學》專設駢文一章，也是後來的文學史一般所忽略的。

中國詞史大綱，胡雲翼著。胡氏生於一九〇六年，卒於一九六五年，曾於中學、大學任教，後爲上海中華書局、商務印書館編輯，於唐宋詩詞研究深湛，有宋詞研究、宋詩研究、唐詩研究等著作行世，影響頗大。中國詞史大綱，北新書局（創立於北京，後遷上海）一九三五年出版。此書分兩編，第一編爲「唐五代詞」，共九章，第二編爲「北宋詞」，共十四章，共錄詞人凡五十七家。

此書爲近代意義上對詞這一形式溯波追源之較早學術著作，也可以說是研究宋詞的早期經典。其論詞與詩之區別云：「長短句的歌詞在文人的社會裏確立以後，牠的發展漸漸地把不甚協樂的律絕詩壓倒了。我們看樂曲裏面的長命女、烏夜啼、漁夫詞、長相思、江南春、步虛詞、鳳歸雲、離別難、金縷曲、水調歌、白苧等調，最初都是用五七言絕句歌詞，後來都改用長短句的歌詞了。中唐詩人還有寫律絕詩給樂工伶妓們去唱，到晚唐竟失掉歌詩之法，只有長短句的歌詞了。這不顯明的是：長短句的歌詞藉着在音樂上的便利，把整整的歌詩打倒了嗎？」詞的興盛在音樂這一歷史的核心問題，如此明白曉暢地揭示了出來。

詞的歷史分期，此後的文學史，都以中國詞史大綱的說法爲準，如北宋詞的演變：「歷史的發展，則可分爲四個時期：第一個時期是小詞的時期，以晏殊、歐陽修、晏幾道諸人爲主幹；第二個時期是慢詞的時期，以柳永、秦觀諸人爲主幹；第三個時期是詩人的詞的時期，以蘇軾、黃庭堅諸人爲主幹；第四個時期是樂府詞復興的時期，以周邦彥、李清照諸人爲主幹。」與後來的文學史相較，中國詞史大綱沒有「婉約派」「局限於個人趣味」「豪放派」「關注國家社會」「積極入世」一類意識形態評論語言，更顯學術性的單純。

趙景深著宋元戲文本事，北新書局一九三四年出版，但其完成於一九二三年六月。這是對宋元南戲研究的篳路藍縷之作，其開闢之功永耀史册。作者在自序中說：「這一本小書的目的是想把已佚的宋元戲文輯錄

出來，作爲研讀中國文學的一個參考；爲了恐怕專載佚文太枯燥，斷簡殘篇湊在一起也令人有丈二金剛之感，於是也附一點本事，把殘文貫串起來，使得讀者看這一本書不像是擎（即『摩』）挲古董，而像是在讀幾篇很有趣味的短篇小說。」

書共九章，輯自南九宮譜、新編南九宮詞、雍熙樂府、九宮大成南北詞宮譜，内容包括：一、王焕和王魁；二、陳巡檢梅嶺失妻；三、四種戀愛戲文；四、王祥臥冰；五、黄周兩孝子；六、江流和尚；七、僅存三五曲的元代戲文；八、僅存兩曲的元代戲文；九、僅存一曲的元代戲文。

中國戲劇小史，周貽白著。周氏生於一九〇〇年，卒於一九七七年，是著名中國戲曲史家和中國戲曲理論家，還曾經創作並演出話劇作品三十部上下。他首先提出並詳細論證中國戲曲的三大聲腔源流──崑曲、弋陽腔和梆子腔，厥功甚偉。他於一九三六年出版中國戲劇史略和中國劇場史（商務印書館），中國戲劇小史乃在前二書基礎上再加補充修訂，於一九四六年由上海的永祥印書館印出。後來又出版中國戲劇史（一九五三）、中國戲劇史講座（一九五八）、中國戲劇史長編（一九六〇）以及遺著中國戲劇發展史綱要（一九七九），都是以中國戲劇小史爲基礎的。

中國戲劇小史共八章：一、中國戲劇的形成；二、唐宋的戲劇；三、南戲與北劇；四、明代戲劇的概況；五、崑曲與亂彈；六、皮黄劇的勃興；七、文明戲與話劇；八、中國戲劇前途的展望。今天的讀者，要了解中國戲劇發展的歷史，當然有後來居上者的書可讀，但前驅者的貢獻也是不容抹殺的。中國戲劇小史的意義就在這裏。

中國小說的起源及其演變，正中書局（陳果夫一九三一年創立於南京）一九三四年出版，作者胡懷琛。胡氏生於一八八六年，卒於一九三八年，一九三二年被聘爲上海市通志館編纂。他搜集整理一批上海地方史

志珍貴資料，卓有貢獻。其藏書以詩文集和課本爲特色，如三字經、百家姓、千字文、千家詩等，收集齊全，劉鶚稱其爲「三百千千」。收集外文書籍和少數民族作者的漢文詩集一千餘種，可惜其藏書在抗戰時多半被日寇炸毀。一九四〇年，其子胡道靜將殘餘之書捐獻給了震旦大學。

中國小說的起源及其演變共六章：一、本書說到的範圍；二、小說的起源及小說二字在中國文學上的涵義之變遷；三、中國小說「形」的方面的演變；四、中國小說「質」的方面的演變；五、現代小說；六、研究中國小說參考的書目。第一章開宗明義：「本書所講的，只有兩件事情如下：（一）是中國小說的起源，與小說二字涵義的變遷。（二）是中國小說的演變，並現代小說的標準。」

研究小說者歷來推崇魯迅的中國小說史略和胡適的中國章回小說考證，那自然是開山的典範之作。其後錢靜芳小說叢考、蔣瑞藻小說考證等也都功力深湛，卓然有成。本書算得上是一冊史論相結合的小說研究著作，在中國小說研究的歷史進程中，雖然不如上述幾種著作那麼經典，卻也有其歷史的價值和意義，從「可讀性」來說，則更占優勢。如此書說到中國小說的歷史變化，通俗易懂而能切中肯綮：「由古代的傳說在口上，演變成寫在紙上，這是一變。宋代的說話勃興，這是第二變。宋人的話本，由說給人家聽的，變爲直接給人家看的，這是第三變。紅樓夢、儒林外史等，只是寫的，不是說的，這是第四變。然而『說』和『寫』，仍是同時候存在的，決不是變成後者，前者就消滅了。只不過互有盛衰而已。」

此外說到的一些情況，也頗能讓我們對於歷史的演變，有一種親切的感知。如：「在民國前一二年，有周作人譯的域外小說集，是用文言譯西洋的短篇小說。不過這是大失敗了。這失敗並非域外小說集自身不高明，只是和那時候的讀者程度相差太遠。第一不歡喜讀這種無頭無尾的短篇小說。第二不歡喜讀平淡無奇的故事，第三不歡喜這種比較生硬而樸質的文言。結果，這部書當時幾乎沒有人知道。」

《書評研究》，商務印書館一九三五年出版。作者蕭乾生於一九一○年，卒於一九九九年，是著名翻譯家、作家，富有傳奇色彩的二戰記者，畢業於燕京大學新聞系，後去英國劍橋大學任教並讀碩士學位，一九四三年領取了隨軍記者證，正式成為大公報的駐外記者，也是二戰時期歐洲戰場的唯一中國記者，一九九五年中國作家協會授予其「抗戰勝利者作家紀念碑」榮譽。三百二十萬字的蕭乾文集包括小說、散文、特寫、回憶錄等，譯作莎士比亞戲劇故事集、好兵帥克以及與夫人文潔若合譯的尤利西斯等更是影響巨大久遠。

隨着近現代出版業的發展，書評也逐漸增多，但對這種新型的文學批評樣式作正式的研究，書評研究可以說是拓荒之作。書共八章：一、序論；二、書評家；三、閱讀的藝術；四、批評的基準；五、批評的藝術；六、書評的寫作；七、書評與讀書界；八、附錄。此書的核心思想是，書評是有益於社會的嚴肅工作，書評家是具有特殊身份的知識者，代表讀者的鑒定者，文化生產的監督人，而不是庸俗、獻媚的商業廣告商。如：「一切批評都必須基於清澄的理解。批評的公允實即理解深澈的反映。」「書評家寧可改業廣告，永不可用批評的地位作兜售的營生。」「對讀者他服務，卻也不作成奴隸。他把讀者看成智力的平等者。他並不武斷地強迫讀者接受他的意見，也不賣弄學問如一塾師。讀者的好惡是受風氣支配的，但他不追隨那風氣，他不固執，卻有信仰。」無疑，即使在今天，書評研究仍然有牠的現實針對性和意義。

清代詞學概論，上海大東書局一九二六年出版。其作者徐珂生於一八六九年，卒於一九二八年，為光緒舉人，袁世凱天津小站練兵時的幕僚，一九〇一年任上海外交報、東方雜誌編輯，後為商務印書館編輯，其所編纂的清稗類鈔是享譽學林的文史巨著。

清代詞學概論共七章：一、總論；二、派別；三、選本；四、評語；五、詞譜；六、詞韻；七、詞話。作者雖入民國，而其傳統文化教養的底色，濃郁深厚，迥非後來人可比。故此書行文，為優美洗練的文言，

而其對清詞演變脈絡的勾勒，代表性詞人的品評，乃至資料的選錄等，都有「個中人」的真知灼見，可謂言簡意賅，高屋建瓴，非後來研究者搬弄西洋「範式」敷衍成文者可及。無疑，此書可列入「學術經典」的行列，不像本選集大多數作品具「過渡轉型」之身份色彩也。

如清代詞學概論評騭「清初之詞」的代表作家，「最著者」為朱彝尊、陳維崧，「兩人並世齊名」，而前者「情深，所作詞高秀超詣，綿密精美，其蔽為饾飣」；後者「筆重，所作詞天才艷發，辭鋒橫溢，其蔽為粗率」，「繼之而起名重一時者，實惟納蘭容若。門第才華，直越北宋之晏小山而上之，其詞纏綿婉約，能極其致，南唐墜緒，絕而復續」。再如說清詞之派別：「有清一代之詞，有二大別：一浙派，一常州派，亦猶散體文之有桐城陽湖二派也。」這些基本的定位，都成了後來各種文學史、清詞史祖述的圭臬。再如書中說到「才人之詞」、「學人之詞」、「詞人之詞」的三分法，也直揭黃龍，揭示本質，對後世影響深遠。

韓柳文研究法著者林紓生於一八五二年，卒於一九二四年，堪稱是一位清末民初的文化奇人。他是桐城派散文的殿軍，一點不懂西洋語言文字，僅憑聽人口述，把一百八十多種西方小說翻譯成漢語，成為向古老中國介紹西方文學的開山人。「林譯小說」，曾經是好幾代人的最愛，用文言表述的漢譯西方小說，成了中西文化交流史上一道奇異的瑰彩。

韓柳文研究法亦是文言文著作，對韓愈和柳宗元的多篇古文逐一評論，細緻深入，作者所持觀點立場，則完全是傳統的儒家思想體系和桐城派衡文的法眼，完全不見西學影響的痕迹。此亦可見所謂民國時段之文化形態，新舊雜陳，多元豐富也。

前有馬其昶（一八五五——一九三〇）短序，馬氏乃桐城派後勁，清史稿之「儒林」、「文苑」卷總纂。其序說與林紓「同客京師，一見相傾倒，別三年，再晤，陵谷遷變矣。而先生著書談文如故，一日出所

謂韓柳文研究法見示」。所謂「陵谷遷變」即指清朝滅亡而民國建立，韓柳文研究法於一九一四年由商務印書館出版，則此書或峻稿於清季。馬其昶贊美林紓「於史漢及唐宋大家文，誦之數十年，說其義，玩其辭，醰醰乎其有味也」。林紓於韓愈、柳宗元的古文沉浸涵泳，所謂「韓氏之文，不佞讀之二十有五年」，則其所得所會，自然和後來接受了西方文藝思想的研究者，無真賞而僅「分析批判」所見大爲不同。

如林紓這樣評析韓愈的文章寫作技巧：「韓氏之能，能詳人之所略，義略人之所詳。常人恆設之籬樊，學韓則障礙爲之空。常人流滑之口吻，學韓則結習爲之除。漢所謂摧陷廓清者，或在是也。」「韓文能抑絕掩蔽，不使自露。不佞久乃覺之。……不善學者，往往因蔽而晦，累掩而澀。……所難者，能於掩蔽中，有淵然之光、蒼然之色，所以成爲昌黎耳。」

再如評柳宗元：「柳州段太尉逸事狀，與昌黎張中丞傳後敘，均洋洋有生氣，亦皆良史之才也。不佞甚惜柳州不爲史官，其寫忠義慷慨處，氣壯而語醇，力偉而光斂，可稱極筆。」「若公在永州，一荒昧不辟之區，必待糞除，其勝始出。是永州之勝，均係諸公之一言。則非極力描摹，亦不易流傳於藝苑，集中諸文皆佳，而山水之記，尤爲精絕，雖大同小異，然各有經營。韓公猶望而却步，何論其他。」

文學論略，章太炎著。章太炎生於一八六九年，卒於一九三六年，太炎是號，名炳麟，在小學（語言文字學）、歷史、哲學、政治方面都有卓越貢獻，乃近代的國學大師。我的業師姚奠中先生是章先生最後招收的研究生之一，把對文學論略的評介作爲這一個系列學術著作的「收官」，格外具有意味。

文學論略首發於一九○五年的四川學報（未完），一九二五年上海的群衆圖書公司出版，一九二六年再版，後來又成爲國故論衡的一部分。文學論略前面有胡適的一篇序，其中的一些話很有意味：

這五十年是中國古文學的結束時期。做這個大結束的人物，很不容易得。恰好有一個章炳麟，真可算是古文學很光榮的結局了。章炳麟是清代學術史的押陣大將，但他又是一個文學家。

他是能實行不分文辭與學說的人，故他講學說理的文章都很有文學的價值。

但他究竟是一個復古的文家。他的復古主義雖能「言之成理」，究竟是一種反背時勢的運動。

總而言之，章炳麟的古文學是五十年來的第一作家，這是無可疑的。但他的成績只夠替古文學做一個很光榮的下場，仍舊不能救古文學的必死之症，仍舊不能做到那「取千年朽蠹之餘，反之正則」的盛業。他的弟子也不少，但他的文章卻沒有傳人。

文學論略開宗明義：「何以謂之文學？以有文字，著於竹帛，故謂之文；論其法式，謂之文學。凡文理，文字，文詞，皆謂之文」；而言其采色之煥發，則謂之彣（讀『文』，文采之意）」。這裏的核心思想，即文、史、哲不作絕對區分的「文學」觀念。而這一點，正是中國文化的根帶，與西方講究分科別類的「科學」文藝學大異其趣。從表面看來，如胡適所批評，章太炎的這種文學觀是「復古主義」。胡適在序言結尾說：「章炳麟在文學上的成績與失敗，都給我們一個教訓。他的成績使我們知道文學須有學問與論理做底子，他的失敗使我們知道中國文學的改革須向前進，不可回頭去。」

以五四新文化運動為起始標誌的「白話文」運動，正是沿著胡適的主張發展前行的，魯迅的「拿來主

義」主張也主宰了整個二十世紀的中國文學和文化的走向。我們所評介的民國學術著作，絕大多數也體現了這個方向和主旨。但問題並不是單一的，歷史也是復雜的，如今我們回顧反思，在肯定胡適所說「改革必須向前，不可以回頭去」的歷史合理性一面的同時，也必須正視章太炎的文學主張，蘊含有更深層的中國傳統文化之精義奧旨，而且隨着人類文化在二十一世紀出現的困境，越來越具有啓示意義。單從對文學的認識來說，章太炎標榜的文、史、哲大會通的中國傳統文化的根本立場，也是有其文化深刻性和現實針對性的。

因此，對民國長達四十年時段的學術著作及其體現的思想方向，也不能簡單化地對待，忽視其所體現的歷史走向必然性與新價值的合理性是不對的，過分拔高推崇也有所偏頗。畢竟，那是一個「過渡」、「轉型」的時期，其多數學術文化著作也必然帶有「過渡」、「轉型」的色彩，是「進行時」和「未完成時」，距離「經典」尚有距離。從戊戌變法到辛亥革命到五四運動，一直到一九四九年，泛民國時段（包括其醖釀鋪墊時期）之中國現代化歷程從肇始而前行，歷經曲折，其激烈變化之歷史空隙中艱難產生的學術文化，有其大膽引進勇敢開拓而攝人心魄的一面，也有其嘗試而稚嫩，外來與傳統磨合不甚相契的一面。近世之社會轉型文化轉型乃大勢所趨，民國的學人們做出了艱苦的努力和卓越的貢獻，如何能在吸取世界其他文明滋育的同時，又能使中國傳統文化精粹得以恢弘發揚，再造輝煌，此正民國以來直至今日，中國知識界文化界苦苦思索探尋而歷久彌新之時代課題！

正是在這個意義上，民國的學術著作，這些體現了當日中國文化精英思考、研究、探索中國的社會與國家之現代化轉型的成果，其中的材料等或已經是舊痕陳迹，而其所思考的問題，所探索的思路，所提出的設想，以及這些著作本身的種種成就和不足，對於今天的中國現實，仍然具有攻錯借鑒的意義。他山之石，可以攻玉，何況此本非他山之石，正我山自有之石乎！

欲滅其國族，必先滅其文史。民族的歷史，特別是文化史、思想史、學術史，誠乃一國一族之精魂慧命之所在所基。當年日本侵略者之所以轟炸商務印書館與東方圖書館者，正深諳此理也。而商務印書館鳳凰涅槃浴火重生之艱苦奮鬥，亦未稍懈於斯。

民國語文，也在「轉型」途程中，這些學術著作的文風，大多是一種「尚存文言痕迹的白話文」。今天的青年讀者閱讀起來，也許會有异樣的感覺，但也可謂別具一種風味。而此二十三種著作的作者，絕大多數爲南方人，如浙江、江蘇、湖南、福建等省份，這些著作又大都在上海出版，由此亦可見民國時期文化發展的大情勢。這二十三種著作的二十位作者，當其撰寫著作之時，應該說彼此質素、學養都相差不遠，而其後之發展結局，則有的著作等身成爲大家大師，有的則後勁不足而逐漸湮滅少聞，固然各人機遇運會不同，而個人心志的堅持和努力之有無强弱，無疑是最主要的因素。對今日之學人特別是青年，不也很有啓發意義嗎？

潛入歷史的塵霾中排沙簡金，而選擇出此二十三種著作，並非筆者所爲，因而對此種叢書簡選是否即能代表民國時期文學研究的大體大略，實亦不敢斷言，滄海遺珠或在所難免。而忝膺爲此編叢書作序的重任，惶恐之意，自不待言，管窺蠡測，亂彈胡侃，尚祈盼海内外方家不吝指教。但披閱這些先賢的著述，恰如驀然回首，向幽深的夜，重新點燃支支老紅燭。「紅燭啊！是誰制的蠟——給你軀體？是誰點的火——點着靈魂？」(聞一多紅燭)

點點燭光，明輝熠熠，回顧往昔，瞻望將來，道一聲：願我們的中國，鑒古灼今，發揚傳統精華，吸取五洲營養，漸進改革，持續開放，醒獅昂首，闊步奮行，前程佳美！

二〇一四年四月一日於大連

作者簡介

劉開榮（女），生卒年不詳，師從陳寅恪先生。代表作有：《唐代小說史》、《唐代小說研究》、《唐人詩中所見當時婦女生活》。作者的女性身份、中西合璧的知識結構，使其對作品的剖析時有特異的閃光，同時作爲第一部以斷代史方式去做小說史研究的專著，也爲後世的小說史研究開創了一種範式。這些著作都具有着特別重要的研究意義與研究價值。

序

中國的詩發展到有唐一代，可說已達登峯造極的境界，不論從質或量方面說來，都是不容否認的事實。尤其是唐代的詩歌，曾忠實地反映出唐代社會的全貌。許多史家所不願紀錄的史實，許多會抵觸當軸的資料，許多當代社會黑暗面的實現，都不曾逃出詩人注意力的範圍，都不曾瞞過詩人底犀利的眼光，他們奮起如椽的巨筆，戳破了社會的黑暗面，和惡劣的環境挑戰；秉着正義的火炬，照耀踏黜的塵寰，使千百年後的今代人，仍然感受那種耀眼的光芒，我們沿着這光芒的絲縷，得以窺見唐代社會的全貌，我們應該感謝唐代的詩人，他們曾給後代人留下如許豐富的寶藏；我們尤感覺喜悅，本書著者劉開榮君曾下一番苦心，用科學方法整理凌亂的材料，使我們得見唐代婦女生活的全貌。

從著者所歸納的綱領看來，本書所涉及的範圍，包括了唐代各階層的婦女，上自妃后宮嬪，女冠歌妓，而至陌頭桑婦，湖畔船女，無不分門別類，不計較貴賤的臚列一起，加以很詳盡的研究和批評。本書所搜集的材料，都是一串串光彩陸離的珍珠，著者運用理智的線，將許多久蒙塵垢的珠寶連貫一起，織成一件天衣無縫的紡織物，雖然是滲透了人生的慘痛，但這不是一塊藝術的鏡子，清晰地反映着唐代的婦女生活，有足資現代人「借鏡」的地方嗎？正如希

悲劇家攸利彼提斯在其名著「特洛國的婦女」內所說的：

「我要把歷歷的往事織成一曲哀歌，像從不幸的心田再流出一滴淚顆！……」（見拙譯第三十三頁九六〇行）這本書總算完成了這個任務，給關心婦女問題的人提供了很珍貴的材料。

唐代相距現在約二千年，在這二千年的長期間，中國婦女生活的諸般現象，有沒有進步與改善的地方呢？我們若從外表看來，各方面都有顯著的進步與改善。中國婦女已由小腳而解放到天足，由家庭而走到社會，她們充分享受教育平等，職業平等，政治平等的諸般目由，她們不但熱烈地參與政治活動，而且英勇地參加武裝鬥爭。「玉面雲鬢拂戰塵，芙蓉小隊簇江濱！」廣西婦女不是荷槍實彈，出現在南寧邕江火線上嗎？不過，我們若顧及現實的情形，想到中國二萬萬多的女同胞，仍然處在踏無天日的封建制度的鎖枷，資本制度的鐵鐐，層層地束縛着她們，因此，她們的生活形態，並不比唐代的婦女有特別改善的地方，同時也表明婦女界的先知先覺，還須負起更大的婦女解放的任務。

的確，說到婦女解放運動的問題，這是談何容易的事，即以物質文明比較進步的美國，且是以民主政治號召天下的國度，其婦女地位確已日益提高，但她們是否真正得到解放？真正在過

着自由舒適的生活呢？筆者從前曾翻譯過一首小詩「湖歌」，這是美國當代女作家珍女士（Jeane）寫的，這首詩充分反映出美國的婦女生活，目前是處在怎樣的境地當中：

（一）
聽聽湖水的縈激盪，
像女人的啜泣淒愴，
是古代女人的暗泣，
她們傷心，毫不反抗！

（二）
湖水蕩漾到湖岸上，
像淚滴曲線的胸膛，
是精疲力竭的哀號，
帝王的女兒在心傷。

（三）
現在我們也哭斷腸，
是輕微的啜泣淒愴，
曉得自己貴如公主，

（四）

聽聽湖水的聲激邊，
像女人的哭泣淒愴，
她們掬盡滔滔淚浪，
把男子的囂夢滌蕩。

封建制度在美國已不存在，但是資本主義社會的畸形現象，並沒有讓婦女得到真正的解放，「曉得自己貴如公主，却給囚禁在高樓上。」這可代表現代美國婦女內心的吶喊。帝俄時代的詩人尼克拉梭夫，在他那長篇敍事詩「農婦」的末了，他說婦女們自由幸福的鑰匙，雖有許多英雄志士在各處找，終於得不到什麼結果，他說：

「但是女們的鑰匙仍失掉，
雖然不少有志之士，
直至今日猶在找尋，
深，深到大海的床底，
高，高入雲裏霧裏，
他們都努力尋覓，

却給囚禁在高樓上。

可沒有找到那些鑰匙。
你以為他們會找着，
有誰知道？有誰敢說？
但是我始終在懷疑，
因為是那條魚吞了了——
這般無價的寶貝，
在那個海裏遨遊？
就上帝也已忘記哩！」

（見拙譯「農婦」第一百九十九頁。）

處在中國抗建的現階段，如欲建設新中國，必須動員二萬萬多女同胞的力量，共同參與偉大的建設工作。著者劉開榮君寫成此書，實無異提出婦女解放的問題，請大家重新加以嚴蕭的考慮，因為唐代的婦女生活，又何異於現代的婦女生活呢？這不是五十步與一百步之比的寫照嗎？因為作者只限於詩歌中掘發唐代婦女的生活，有些問題不能不寫得簡略，這是一種小小的遺憾。為了窺見唐代婦女生活的全貌，這位「曾以更衣入侍」的寒微女子，能一躍而位登九重，使曠代名臣如狄仁傑等，都俯首聽其驅遣，在武氏秉政的二十一年間，居然能使四海臣服，政績斐然，為中國婦女揚眉吐氣，這是值得大書特書的一頁光輝史

續。可惜中國歷代的讀書人，都中了封建思想的毒害，不能以另一種眼光看武氏。不然，武則天又何嘗不可和英國的伊麗莎伯皇后及維多利亞皇后相媲美呢？作者不曾把她多敍述一些，心頭總覺得頗有遺憾似的！希望關心婦女運動的人都能一讀此書。

三十二年二月十二日序於華西大學。

陳序

論語載孔子教他的門弟子學詩，說：「（詩）可以興」。鄭玄註解釋興為「觀風俗之盛衰」。按風俗是社會的現象，詩是文藝的作品，兩者雖非同物；但文藝是表現社會的，故從文藝作品的詩中，考察社會的風俗，確是讀詩的一種方法。

依美國社會學者瓦德（Lester Ward）的女性中心說（Gynaecocentic theory）：原始社會，曾有女系制的一個階段，其時社會上以女性為中心。到了奴隸制形成以後，男性居於支配的地位，女性乃成為男子的附屬品，事事受男性的壓迫，社會上乃有了女子問題。這種問題在一般學者是漠然視之，不屑注意的；惟有富於同情心的詩人，才能一視同仁，由不平之鳴，發為歌詠。

最早在周易屯卦六二爻詞中，有「屯如，邅如，乘馬，班如，匪寇，婚媾。」一首風謠。敍一個乘馬的男子，徘徊觀望，形跡可疑，初疑為入寇的敵人，後來知道他是為刼掠女子來的。這是敍述當時刼婚的一首風謠。

詩經的二南及風詩，多為里巷中男女唱和之詞，其被「狂且」欺侮，「狡童」欺侮，見諸哀怨的，固不可勝計；其最有名的，如衞風中「氓」之詩，敍述一個儇女，被「蚩蚩之氓」，始亂

1

楚詞九歌中述當時巫覡女子的生活，多假託鬼神的口吻，寫她們愛慕的情緒說：『沅有芷兮澧有蘭，思公子兮未敢言；荒忽兮遠望，觀流水兮潺湲。』寫求愛的熱情，已覺出神入化；又說：『心不同兮媒勞，恩不甚兮輕絕。』寫失戀之苦，更是意志決絕。後來又轉念道：『怨公子兮悵忘歸，君思我兮不得閒。』仍復加以原諒，這是何等纏綿。

漢代樂府詩中，『上山採蘼蕪』的棄婦，『下山逢故夫』，仍『長跪問故夫』，探詢『新人』的消息。『孔雀東南飛』中的焦仲卿妻子，不見容於阿母，至被驅逐大歸，夫婦無可奈何，終於雙雙自殺。這種家庭的慘劇，倫常的大變，更酷下千古讀者之淚，為之廢書長歎！

唐代是中國過去詩壇上最有瑩光的時期，唐詩中體製之完備，作家之衆多，固然值得後人驚佩；其內容之豐富，尤非前人所能比擬。即以婦女問題來說：雖然在蒙道家影響的李白，他惟願『功成拂衣去，搖曳滄洲旁。』但也有『妾薄命』，『長干行』等篇，為一般失時的婦女深致慨歎。雖在受佛教影響的王維，他每願『請留磐石上，垂釣將已矣。』也有『西施詠』，

終棄的一段哀史。這衞女當初思念男子的時候，忽而涕泣，忽而笑言，急盼着良緣早締。及至既嫁以後，夙夜勤勞，三年如一日，不料負心的男子，終至見棄，親生的弟兄，也復冷眼相看，令她羞恨交並，愧不欲生。而她却能善自解慰，甘心寂寞，怨恨全消。每當獨居無俚，思往事，不覺當日風流，猶在目前；然而失足一朝，遺恨千古，只有歎『不思其反，反是不思，亦已焉哉！』罷了。

陳序

「洛陽女兒行」等篇，借古代的故事，爲當時的婦女吐氣。何況專以社會現實問題爲題材的作家，如元稹，白居易等，他們對於眼前各階層的婦女日常生活，當然加以詳盡的描寫，那是更不待言的了。

我嘗以此意語從游諸女弟，衡陽劉開榮女士深韙余言，遂以年餘之力，從全唐詩中，將這類材料蒐輯起來，歸納分爲五類：一爲從唐詩中所見到的當時勞動婦女生活，二爲一般婦女生活，三妓女生活，四宮廷及貴族婦女生活，五女冠子生活。逃爲論文，送我校閱。我以爲此文可以作爲唐代女史看。因爲我國古代史家專紀帝王及名臣的史績，至今中國史書有帝王家譜之譏。社會上廣大羣衆反被擯於史書領域以外，眞是憾事。今讀此文，方知道史家所忽略的東西，詩人乃一唱三歎，反復申詠。只要後人加以探討，就可以把當日被壓迫的一般婦女實際情形，畢露無遺。乃歎孔子『（詩）可以興』一語，確爲讀古詩的一種法門，因述此旨以告世之學人。

民國三十二年一月二十五日　鹽城陳中凡覺玄甫敍於成都華西壩廣益學舍

費序

劉開榮譯

女人與詩是不能分開的，二者相倚為命，誰究竟是在誰之先。這種神聖的結合，遍佈在世界的每一個角落裏，從希臘的沙福（Sappho）起，到美國的密勒（Edna St. Vincent Millay）止，曾給人類撒下了許多幸福的種子。無論它是一位女詩人，如愛密兒迭更生（Emily Dickinson），或是一位女主角「最後的女公爵」（My Last Duchess），或是激動詩膓的靈泉如薛濤，處處都證明了這種結合及其對於人類想像生活中的普遍食糧，赫銳克(Robert Herreick)以及英國十七世紀的玄學家在這一點上所獲得的不可磨滅的成就，並不能超乎同代的中國不朽詩人們的成就之上。

勃朗寧（Robert Browning）在他的「女人與玫瑰」一詩裏寫着說：

「轉，轉，像雪花在一陣閃爍的寒風中旋舞，像護花的使者——古今的女人在歲月中消逝，但是她們却彷彿石像似的被雕刻在詩人的書頁裏。」

本書作者劉開榮女士，本人會詩，也善爲富有詩意的散文，可以說是給近代的文學寶庫添上了一幅生動的圖畫——一幅女人的美麗的夢景。「唐代的光榮」不但包括有金漆的畫棟和迴廊，光彩奪目的瓷器，以及吳道子的山水名畫，並且有琳瑯滿目的辭林文苑，裏面活躍地呈現着宮庭裏莊嚴的婦女，也舞動了詩人生花的筆尖。

今日的世界，充分地說明人的工作，正在橫遭摧毀，而人的另一種內心的想像，正在不朽的文學裏被建立起來——被刻在詩人的書頁裏。

同胞們，請舉手歡迎你們的美麗活潑的姊妹們——唐詩中的婦女吧！

費爾樸於四川成都 一九四三年春，桃花開時。

FOREWORD

Women and Poetry go together. Each lives in the other; and who can say which is antecedent? This divine marriage, solemnized in every land from Sappho of the Greeks to the American Edna St. Vincent Millay, has issued in manifold blessings to the human race. And whether she be poetess, as Emily Dickinson, or heroine, as My Last Duchess, or inspirer of poetic impulse, as Shui T'ao, the marriage and its gift to humanity are the same.

For poetry and the quickening of the heart through women's loveliness, are the universal food of man's imagination. Robert Herrick and the Seventeenth century Metaphysicals of England have not outstripped their Chinese fellow immortals in giving voice to this perennial fact. Robert Browning, in his poem Women and Roses, writes:

> Round and round, like a dance of snow
> In a dazzling drift, as its guardians, go
> Floating the women faded for ages.

1

Sculptured in stone on the poet's pages.

Karine Liu, herself a poetess and a writer also of poetic prose, appropriately adds to the wealth of modern literature a living picture—a dream of fair women. For the "glories of the T'ang" include not only lacquered pillars and porticos, ravishing porcelains, and the mountains and streams of Wu T'ao-tzu; but also the edifice of language wherein moved with stately grace the women of the Emperor's Court and the poet's writing-brush.

The days of our years are witnessing a ruthless pulling down of the works of man, and a building up into enduring literature of the imaginings of the human heart—sculptured in stone on the poet's pages, wrought eternally into the fabric of literature.

Brothers and sisters of today, greet your gay sisters—the women of the T'ang poetry!

Chengtu Szechwan
Day of Pear Blossoms
Spring, 1943

Dryden Linsley Phelps

自序

中國過去治史的人,歷來只注意或個帝王的仁暴,朝代的興廢,國家的內外大事,及幾個顯著人物的事蹟而已。自徙科學史觀被介紹到中國以來,歷史的範圍才被擴大到生活的各方面去,不但一個時代的經濟,政治,宗教,文藝各種學術思想都是歷史家的寶貴資料,就是不士大夫一盼的農民市儈們的吃飯穿衣,喜怒哀樂,也有一寫的價值了。

以往的學者們,大都戴着一付禮教的眼鏡,凡事物經過他們的威學撫弄以後,便給厚厚地塗上了一層禮教的色彩,他們的「文」都是要載「道」,吃飯穿衣是不值一寫的日常瑣事;男女言情,兩性間的精神生活,尤為不登大雅之堂的「穢褻」。例如一部詩經,凡有關上一類者,都被這些老先生們用思君愛國的老調,穿鑿附會,弄待不倫不類,破碎文離,彷彿人的生活中除了君臣的關係以外,再沒有別的東西似的。這種討好帝王的觀念,在現在看來,雖覺可笑,但是幾千年來,許多寶貴的史料,真實的記載,都被活生生地埋沒殺了。

過去的情形既如上述,歷來在一個偉大中國生活舞台上,只佔不重要地位的配角——婦女們,更不值得這些先生們的一顧了。雖她們也一樣的吃飯,穿衣,勞勤,生產,但除了幾個被襃揚的烈女,幾個被唾罵的所謂「潑婦」以外,其餘大多數的婦女,及其生活狀況,都是湮沒

1

無聞，無人注意的。近代雖有婦女文學史或生活史之類的著作出來，但是和普通文學史或生活史比較起來，未免太簡單，太掛一漏萬了。這並不是這些書的作者們的過失，實在是前人過於忽略，不給後人留下什麼有系統的史料的原故。所以如要給中國的婦女作一部眞正的生活史，與其到禮教染缸裏去撈取塗了色的材料，毋寧從稗官野史小說戲劇詩歌的渣滓堆裏去搜尋被遺棄的珠寶，還要更眞實可貴。不過這一種披沙揀金的工作，談何容易，豈是少數人在短期間所能成就？惟希望在不久的將來有一些「有心」的男女人士，願意本着一種皓首窮經的精神，來從事這一個艱巨的工作，給有四千年歷史的中國婦女寫一部完備的生活史。

作者嘗愛讀古今人詩，發見唐人詩中所寫婦女的篇幅，比任何其他朝代的詩（詩經除外）都來得多，因利用課餘之暇，收集此類材料，寫成此文。我覺得唐人的道學氣比其他時期要少，他們所記載的關於婦女的詩，往往可以在字裏行間表現出當時婦女生活的眞實狀況。不論是直敍，是讚賞，或是歌詠，大多以一種同情的態度出之。既不用道德的口吻，向他們說敎，也不拉長面孔，加以訓斥。所以作者誦讀唐人詩的時候，常被他們的深厚的同情，及眞摯的言語所感動。因此認爲全唐詩中關於婦女的記載，是研究當時婦女生活的最好史料。

從本書所採用的詩料的性質來看，大概可分爲寫實及抒情二類。寫實的詩如白居易劉禹錫等人所描寫的各階層婦女的生活，旣逼眞又生動。一般人對之大概無法疑難。但是唐人是重情感的，浪漫的，禮教觀念較淺的，他們對於情感生活，兩性間的談情說愛，也一般地給與一個

赤裸裸的描寫。這就有了問題了，也許要引起一般老學究的刁難和疑慮，認為是傷風敗俗，或以一種衞道的精神起而辯護解釋，或心懷憤恨以為不肖的後人，有意侮蔑曲解先賢。他們對於熱烈的抒情詩，也許要說這是對君王的愛慈，遇有哀怨之詩，便說這是失寵之臣，戀戀不忘故君之作，把君臣的關係當作一個「萬有定律」，拿來解釋一切兩性間的精神生活和關係。所以本書的作者願意預先提出這個問題來伸述一下。

抒情詩之作，大概有兩個促成的原因，一是見景生情，一是借題發揮。前者又可分為兩類，一是自敍，詩人抒寫自己胸頭的感觸或情愫，如李商隱的無題詩：「春心莫共花爭發，一寸相思一寸灰，」「來是空言去絕踪，月斜樓上五更鐘。……蠟照半籠金翡翠，麝薰微度繡芙蓉，劉郎已恨蓬山遠，更隔蓬山一萬重。」對於這些詩如果硬要滅它是對君的思戀，亦未嘗不可勉强附會，然而它總叫你不舒服，牽强不自然的感覺。其次是代敍，詩人的觀察是最深刻，感覺是最靈敏的。他常能設身處地，體會到別人的痛苦，有如身受，彷彿一塊鉛重重地壓在胸頭，非抒之於筆墨不能痛快。他的目的並不是着意在描寫某人，而是着意在天地之間，有這麼一囘事或是現象。如這一類的例子很多。腠來關於婦女的記述，多半都出於男性代敍，不但是唐人的詩如此，其他時代的詩也是一樣。原因自然是：婦女的環境和訓練都叫她們沒有發洩的可能。她們的可憐的身世，便成為善感富有同情心的男性詩人們的最好詩料了。這一類的例子，因為太多，讀者在本書裏可以發見很多，所以此處不加贅引。至於後者借

興發揮，是詩人心中本有所感，但為著某種環境的關係，不敢直言，或因為文藝的技巧，欲求其更能眞切動人，所以用最普通人人所能了解的事，來作譬喻，或借物寓意，或糟事興懷。最顯著的例子，如朱慶餘的近試上張水部：「洞房昨夜停紅燭，待曉堂前拜舅姑，妝罷低聲問夫壻，畫眉深淺入時無。」他雖是借裝飾比文章，感激張水部提拔之意，但無意中對於當時一般新嫁娘的情形，倒給了一幅最好的寫眞。這幾句詩比有意作的一篇千言的文章，還生動眞實。因為原作者的目的，不是在寫新嫁娘，裏面沒有誇飾鋪張的成份。又如王建的新嫁娘：「三日入廚下，洗手作羮湯，未諳姑食性，先遣小姑嘗。」雖不能確定原作者，只是在直敍，或是別有寓意，但是對於當時一般新嫁娘初到夫家的心理狀態，却給了一個細膩的描寫。又如秦韜玉的貧女：「蓬門未識綺羅香，擬託良媒亦自傷，誰愛風流高格調，共憐時世儉梳妝。敢將十指誇鍼巧，不把雙眉鬥畫長，苦恨年年壓金線，為他人作嫁衣裳。」誰都理會到他的用意，不是為社會上一般貧女的不平，而是藉貧女的叫喊，感嘆自己的不遇。並表示自己雖寒酸，不願炫奇求進。本詩一方面固然是暴露了當時社會上品格高超的寒士，是怎樣的落魄；同時一方面却無意中把當時一般貧女，因為無厚奩，不易擇配的惡習，描寫無遺。與白居易的寫實詩議婚，恰好先後相映。我們豈能因為作者原意不在寫貧女，而遂否認它不是關於婦女生活的史料呢？總而言之，不論是寫實也好，抒情也好，自敍也好，代敍也好，或者是直接抒情也好，借題發揮也好，詩人的思想總不會離開自己的經驗的。他們所寫的不一定必有其人，但一定必

有其事。作者在本書引言裏，曾提及本書的目的，不是要研究某一人或某一事，而是要像一個攝影專家，把唐人詩中所反映的當時婦女生活的斷片，一一剪下來，拼在一起，使人一看便可得到一個鳥瞰。所以凡能對當時的婦女生活，給一線光明或一絲暗示的詩料，作者都不肯割捨。尤其關於佔有人精神生活一大部份的兩性間的言情談愛的記載，作者更要把它赤裸裸地呈現在讀者的面前，讓讀者進到他們的精神世界裏面去，不再襲用以往的成見，把君臣的關係拉扯上去，加以牽強附會的解釋了。

本文臨付印時，或謂文中所引情詩，仍不免有人要以傳統的見解把它附會作爲君臣的關係等等，因在本序前面略抒管見，以質高明。至於本文取材之範圍，在引言中已有說明，此處恕不再及。

還有作者在寫本文時，曾蒙吾師陳翱玄先生多方指導及督促，並承慨允賜序，厚意至爲感匡。此外還有華西大學英文文學系教授費爾樸先生，力勸印行，除爲介紹王雲五先生外，並允賜序。王雲五先生不鄙淺陋，慨予採擇。華西大學華西週刊主編陳國樞先生又給予許多寶貴的貢見，更允爲序。今一併在此致謝。

於成都華西壩

目次

陳序
陳序
費序
自序

第一章 引論 ………………………………………… 一
　第一節　社會背影
　第二節　經濟背影
　第三節　政治背影
　第四節　文化背影
　第五節　本篇研究的範圍

第二章 勞動婦女（上）…………………………… 八

第一節　採桑及紡織女工
　第二節　浣紗女工
　第三節　採蓮及採菱女工
　第四節　船娘
第三章　勞動婦女（下）……………………一八
　第一節　農耕女工
　第二節　負薪及負鹽女工
　第三節　酒家女及流浪歌女
　第四節　安史及黃巢亂時的婦女生活
　第五節　勞動婦女的不平
第四章　民間一般婦女的日常生活……………二七
　第一節　少女生活
　第二節　婚後生活
　第三節　出婦
　第四節　棄婦

第五節　寡婦及商人婦

第五章　民間一般婦女的精神生活

第一節　已婚婦女的精神生活——離情寂寞

第二節　戀愛或社交生活

第三節　附裝飾及時尚

第六章　妓女生活……………………………………三九

第一節　妓女的產生及其教育與技藝

第二節　官妓

第三節　家妓

第四節　宮妓

第五節　私倡

第七章　宮庭婦女及貴族婦女生活……………………五一

第一節　皇后與寵妃

第二節　公主

目　次　　　　　　　　　　　　　　　　　　　　　　三

第三節　宮中一般婦女的日常生活
第四節　宮中一般婦女的精神生活
第五節　文學生活
第六節　貴族婦女生活

第八章　女冠子生活 ………………………………………………………… 八五
第一節　總敍
第二節　日常生活
第三節　精神生活
第四節　附遊仙詩中的婦女

第九章　結論 ………………………………………………………………… 九八
第一節　當時社會對於女子的感覺及要求
第二節　男女兩性不同的心理
第三節　建設對於女性新的觀念和心理

參考書目錄

唐人詩中所見當時婦女生活

第一章 引論

第一節 社會背影

唐代——從七世紀初年到十世紀初年——是一種郡縣制度的權威社會。當時民族異常複雜，但在中國文化上却極有光彩。由東晉到隋的統一，都是保持南北對立的狀態。那時外族紛紛侵入中原，李氏也是起於隴西，人謂他本身便是胡族。開國的時候，藉用外族武力——突厥及回紇的兵，削平羣雄，收復兩京。自後直至盛唐，酷好武功，東遊克復高麗，西破高昌，南征交趾，北至突厥，疆域廣大，五方雜處；因此社會情形，較任何時期來得複雜，而且饒有別趣。

楊啓高在他著的唐代詩學內，把唐代社會分為三個階級：一為統治階級，如唐太宗武后是也。二為智識階級，如經師詩人等是也。三為被治階級，

如奴僕，娼妓，農工，商賈等是也。（註一）

其中智識階級即當時的文化份子，經師與詩人，同時亦是官僚及士子。他們常因經濟政治之變動，或由貴族下降，或由農工商賈上升，升降流轉，遊移不定。連合其他二階級，遂構成了有唐一代的社會。當時的婦女，就是附屬生存於以上三階級中。

第二節 經濟背影

當時的經濟機構是以農業爲主商業爲輔的，商業的主要形式，是以貨幣爲交換物品的工具。漸漸農村土地可以自由買賣，因此有貨幣者可以購買土地，成爲地主。除了貴族白白擁有采地以外，官僚與商人，往往容易變爲小地主。他們過着充裕的生活，同時也有暇豫可以大度其文化人的生涯。這樣他們形成了中層階級，就是當時文化的中堅。

唐代國外貿易遠較宋發達。國內交易由京師市令官掌理。域外互市則特設互市監管理。金融異常活動，自然商業資本也愈發達；因此商人與高利貸者，漸漸成爲全國土地買賣及農工生產之支配者和操縱者。加之當時的資本，只在交易與剝削中輾轉滋長，而不知利用牠去投資生產，這樣造成了高利貸的普遍性。而農村中一般貧農和佃農的景況，也就漸漸走上悲慘的道路。唐初法令原爲國家授土地與農民，他們再向國家繳納賦稅。以後法令逐漸破壞，農民除了仍然供給全社會的衣食外，還得忍受貴族官僚和商人的榨取。所以中唐以後，逐漸形成了農村

的破產。

從另一方面說來，商業發達，以有迴無，策進金融的活動，促使社會的繁榮，養成上下奢靡的風氣，提高一般人民的生活水準。這樣一方面加重農村的負擔，同時卻增加另一般人的物質享受。譬如當時的文化階級，有的是閒逸，享受，用不着憂飢寒，可以一心從事謳歌吟詠。甚至於官僚因為政府國庫充實，賦稅豐裕，也一面做着官僚，一面卻做着詩人。一時社會靡然從風。因此唐代的經濟情形，影響到人人的日常生活。無疑地，也同樣影響到婦女的日常生活。

第三節　政治背影

唐代的政治機構，是採取中央集權的形式。然而與地方分權的藩鎮，却又互相爭奪消長着。安史之亂，便是一個很顯明的例子。因着這個原因，國內曾掀起幾次內亂的高潮。然而表面上，中央集權仍佔優勝，雖然唐代亡國還是因着內亂的。

當時行政的工具是官僚，他們形成一個中層統治的階級。對上擁護封建的元首，對下實行保姆式的統治。皇帝仍然是舉國人民崇拜，盡忠，守職的對像。因此他一人的賢愚，好惡，直接影響到一國的治亂，間接影響到各階層人的物質與精神的生活。天寶之亂，在杜甫詩中反映得最明顯了。反之，盛治如太宗的勵精求治，提倡修文，定律減刑，輕徭薄賦，把社會形成一

第一章　引論

三

個歌舞太平的氣象。值此百餘年間，特別講求向學，一時四方學者，齊集京師，文風大盛。人主又好武功，四出討伐，亞洲大陸幾乎整個兒入了中國的版圖。而且詩壇上更因此澄成了高岑一派的民族詩人；同時影響到婦女，如征婦的哀怨文學，給唐詩添上一個重要的特色。

第四節　文化背影

唐代文化是中國的黃金時期，尤其唐人的詩，在中國歷代詩壇上仍然是握着牛耳，仔細分析起來，釀成的特殊原因可分爲四：

一由於新民族的加入。譬如唐代的詩歌與音樂，無論在形式上或內容上，都充分地含有胡人的色彩。明皇雜錄載云：「開元二年正月，置教坊於蓬萊宮側，上自教法曲，謂之梨園弟子。」又云：「上素曉音律，安祿山獻白玉簫管數百事，陳於梨園，妍妙冠絕於時。自是音響不類八間⋯⋯時公孫大娘能爲鄰里曲，及裴將軍滿堂勢，西河劍器，渾脫舞，（註二）按安祿山是胡人，上面列舉的歌名舞名，也是來自胡人，由此可見胡民族影響中國文化的一斑。男女的離情寂寞，其次由於好邊功。男子經年出征，社會與家庭常在一種反常的狀態中。因此唐人的抒情詩，成了唐代文化的一個特色。

第三由於人主的着意提倡。太宗置宏文館，聚四庫各萬卷，召致文學之士，討論研究，甚至國外如高麗，百濟新羅，吐蕃，紛紛送子弟來中國留學。升筵講學常達數千人。此外又設國

子學，太學，四門學，府學，州學，縣學，教育發達到極點。同時又辦進士科，設立考試制度。後來更規定以律詩取士。因此往往一般進士，常號為大詩人。以後武后中宗鼓勵更是不遺餘力。每有遊幸，必詔從臣賦詩紀盛，賞賜有加。於是唐代出了成千的詩人，沉醉在酒與詩的生活中。詩風廣被，即或目不識丁者，亦有詩的情緒，而成為詩的欣賞者，也就造成了中國詩壇上的黃金局面。

最後影響到當時人的思想與人生觀最深刻的便是宗教──政府提倡的道教和印度傳入的佛教。唐代的大詩人如白居易王維李白等或信佛或學道，都帶有很濃厚的宗教色彩。至於影響到普通一般平民的思想和信仰，更非淺鮮，殆成為一時的趨向。總而言之，唐人普遍的現象是重理想的，浪漫的，唯美的，嗜好文學和詩歌的，他們的日常生活，充滿了比較自由輕鬆的空氣，相以為高的風流文雅，在他們的詩中隨時反映著。同是對於當時的婦女生活，亦有著同等的暗示。

第五節　以唐人詩為本篇研究的範圍

本篇為甚麼要以唐人詩為研究的範圍？因為詩是生活的反映和寫真，凡詩人真情的流露（除了文人有意誇飾者不在內）。凡有意做作虛偽不自然的作品，是要夭亡的。自有人類歷史以來，婦女常是處在附屬的地位，她們只有義務沒有權利，一切教育和藝術的享受，她們是被

擯棄在門外的。彷彿長江裏的大浪，後者推着前者，浩浩瀚瀚，一代一代不知流到那裏去了，不能為自己留下半點生活的爪痕。史集中間或給她們一小角落的地位，然而多數皆係文人有意之作，免不了成見和虛偽。不是打起禮教幌子來教訓一番，便是抱着某種主見或目的來一套有意的贊揚。可憐千千萬萬的婦女為人頗盡了最大的責任，生了死了，她們生活的真跡在我們面前，永遠是模糊的。除了少數像白居易一流的詩人外，沒有人屑於給她們的生活一個赤裸的描寫的。陳東原在中國婦女生活史緒論中引胡適之先生的話說：「史料的來源大要以無意於造史料一詩為標準。」（註三），前面已說過真實的詩人不會故意製造史料；那末我們萬分地感激唐代的詩人，無意中供給我們關於當時婦女生活的史料。雖然不能把七世紀到十世紀中間，中國婦女的生活來一個總檢討，至少憑那幾百年的詩中關於她們的記載，可以得到一個輪廓了。

最後有三點得在此處伸明：一、研究的史料完全以唐人詩為範圍，讓詩人自己述說，非到萬不得已，決不去搜求他籍，旁徵博引，加以解釋，這樣可以保全絕對的真實。

二、材料既完全限於唐詩，記載不免片斷或殘缺不全。然而絕對客觀的研究，是作者一致的立場。希望就原有的材料——彷彿一團亂絲，要從裏面抽出一個頭緒來，嚴格地保存她們的本色；既不用禮教的言論來替她們掩飾辯護，也不抱某種主觀成見來妄加揣測，更不必抄襲史集中的記載以求其原本前後實通。因為這裏的目的，並不是研究某人或某事，而是像一個攝影搜集家，要把唐人詩中反映當時婦女生活的斷片，一一朝下來，拼在一起，使人一看，便得

到一個鳥瞰。

三、詩人的記載大都是因受到外界的刺激，內部情緒反映到最高點不能過止的時候，方從維下痛快地發洩出來。所以這種材料是凌亂無章而且多矛不平衡的，有的事物不惜一歌再歌，反覆吟詠，如採蓮曲宮詞等；有的在史家看為重要，詩人連睬也不睬。因此本文縱的方面不受時間的約束，橫的方面，篇幅長短完全受材料本身的支配，不偏重也不故意伸縮，去求各章的篇幅平衡。

此種研究伺係初次嘗試，材料範圍既褊狹零碎，又無先進作者的研究為借鏡，想像中的錯誤和不如人意的處所，一定很多，尚祈讀者切實賜諒。

註一　楊啟高：唐代詩學，第二至第三頁，正中書局，民國二十四年五月。

註二　明皇雜錄。

註三　陳東原：中國婦女生活史，第一頁，商務印書館，民國二十六年七月。

第二章　勞動婦女——上

唐代是十足的農業社會，佔絕對大多數的勞動者是農民，他們是當時全社會的生產者和生活供給者。此階級中有一半是婦女；她們同樣地對於社會負起生產的責任，被生活與工作鞭撻著。她們在家庭中不足輕重的生下來，盡了人生責任以後，又湮沒無聞地死去。幾十年短促的生命，誠然也有牠的高潮和春天；然而多半的時候是充滿了肉體的痛苦和靈魂的悲哀。今日祖先遺留給我們的記載中，背後也不知有幾許她們的血汗和淚痕。所以我們現在以考古家的精神從一堆零碎片斷的記載中，去尋覓這一羣無名英雄的生活痕跡，是很值得的。

安史之亂把唐代的歷史劃分爲兩個完全不同的時期。盛唐以前，天下富庶，政令完善，農村生活豐裕平穩；開元以後，國力衰竭，捐稅繁重，農民不堪其苦。還有當時北方蠶桑發達，探桑紡織多係江北及蜀中情形；南方河道縱橫，婦女多習於水上生活，如採蓮浣紗划船等皆爲江南的工作。是以婦女的生活，在那時不但鹽地理環境而異，而且也因時代政治經濟的變遷而有苦樂的分別。前章已說過，本篇的興趣不在時代及地理環境的分析，只求那數百年婦女生活橫剖面的一個輪廓，所以本章及下章除了非常時期——安史及黃巢之亂離期間特別另述外，其餘概以勞動種類分述。

八

第一節　采桑及紡織女工

前面已提過，全國上下的衣食是仰給於農村的。「男耕女織」素來是農村生活中的金科玉律。唐初國家法令，丁男滿二十一歲者，政府授田一百畝，其中八十畝為耕田，二十畝為桑田。大概這二十畝桑田完全是婦女的工作範圍，孟郊寫她們的苦況說：

夫是田中郎　妾是田中女　當年嫁得君　為君秉機杼　筋力日已疲　不息窗下機　如何織紈素　自著縕褸衣　官家膀村路　更索栽桑樹（織女詞）

這裏明明告訴我們，農村婦女是被責成供給全社會的衣着。日夜不息織成紈素，自己却穿的縕褸衣服。「筋力日已疲，不息窗下機，」官家還嫌納絹太少，逼着她們在村子官路上都栽起桑樹來，這是農村「男耕女織」男女分工合作的普遍情形。采桑與紡織是一件工作，兩步手續，先記采桑的情形吧！

採桑是農村中一種輕鬆愉快的工作，少婦少女不但不以為苦，反倒抱着一種特殊的心情去作。因為桑田都在野外，採桑工作又簡單，春日風和日暖，山明水秀，不但可以沉醉在自然的韶光裏，還可以任意觀覽過往踏青的遊客。王建的春詞第二首云：

蠶蠶陌上桑　南枝交北堂　美人金梯出　素手自提筐　非但為蠶飢　盈盈嬌路旁

這大概是地主或富農家的婦女，為的不是蠶飢，而是藉採桑出來消遣。這樣說來，普遍一般日

夕勞動的農村青年婦女，更可在採桑的勞作中間，實現另一種心情了。

劉綱也有一首桑婦說：

牆下桑葉盡　春蠶半未老　城南路迢迢　今日起更早　四鄰無去伴　醉臥青樓曉　妾顏不如誰　所貴守婦道　一春常在樹　自覺身如鳥　歸來見小姑　新妝弄百草

詩中「四鄰無去伴，醉臥青樓曉」，分明說同伴都有了新相識，醉倒在青樓上，天明了還沒有起身。她自己雖貌不如誰，可是所貴守婦道，情願把情感寄託在樹上專心採桑，反覺得心情輕鬆如鳥一般的自由。這位桑婦一種由羨而嫉的口吻如畫。更附帶地證明一羣採桑女工，在桑樹下所演的羅敷史了。

明媚的春光，最容易勾起綠桑樹下少女的情思了，如劉希夷採桑云：

楊柳送行人　青青西入秦　誰家採桑女　樓上不勝春……薄暮思悠悠　使君南陌頭　相逢不相識　歸去夢青樓

春天是農村婦女最快樂的季節，大自然的煙景，可以消失工作後的疲倦；蜜蜂似的踏青遊客，服飾鬧綽華麗，使得她們又羨又妬，平地給添了許多新鮮見識和談笑資料。有姿色的還可以藉此結交些五陵闊少，更給生活上增加了無限的興奮。可是夏秋過了，戶內工作開始，春

因為南陌頭來了一位遊春的少年，不能不使她想起出征的丈夫或者是情人，而對著千萬株青青西入秦的楊柳發呆了。

天的蠶繭，冬天該織成綢緞了，窗外是一片蕭條，成日憑窗紡績，淒風苦雨，這時的苦悶與春天採桑時的心情迥然不同，如：

歎息復歎息　園中有棗行人食　貧家女為富家織　翁母隔牆不得力　水寒手澀絲脆斷　續來續去心腸爛　草蟲促促機下啼　兩日催成一正牛　輸官上頭有零落　姑未得衣身不著　當窗却羨青樓倡　十指不動衣盈箱（王建當窗織）

工作的緊張和單調，飢寒的威脅和摧殘，使她們感到人生的苦悶，反抗社會貧富的不均及官家的剝削和壓迫，思來想去，自己工作的結果，自己不能享受，所謂「水寒手澀絲脆斷，續來續去心腸爛，」簡直把當時機子上匪惡的心情形容殆盡了。

還有四川的一種官家特殊指定的織錦女工，專織的蜀錦，供給宮中和貴族用的。王建寫她們的生活說：

（織錦曲）

大女身為織錦戶　名在縣家供進簿　長頭起樣呈作官　聞道官家申苦難　回花側葉與人別　唯恐秋天絲綫乾　紅葉葳蕤紫茸頓　蝶飛參差花宛轉　一梭聲盡重一梭　玉腕不停羅裏捲　窗中夜夜睡髻偏　橫釵欲墮垂著肩　合衣臥時參沒後　停燈起在雞鳴前　一正千金亦不賣　限日未成官裏怪　錦江水涸貢轉多　宮中盡著單絲羅　莫言山積無盡日　百尺高樓一曲歌

蜀錦在今日還是中外馳名的,當時宮中及貴族都喜服用。在官家的壓迫之下,這些指定的織錦戶(不一定是雙村婦女)夜以繼日,參星沒後,和衣臥息片時,雞鳴以前,又得起身遲織,雖然出品堆如山積,自己却絲毫不能享受。鬢偏釵墮,疲困不堪,很可以想見她們勞動的苦況了。

第二節 浣紗女工

浣紗是吳越女子最普遍的一種工作,與北方採桑含有同樣的羅愛的克的意義。一羣羣新妝的少女,結隊往溪邊浣紗,引的過路遊客紛紛駐足來欣賞她們的美麗。歷史上絕代的美人西施,就是這樣給物色的人賞識選進宮的。工作旣不沉重,流水更能賦給一種輕快的情緒;她們有時結伴唱着曲兒,嘹曉的歌聲隨着清波蕩漾開去,委實富有詩意,令人魂銷;所以唐人的樂府,充滿了詩人的浣紗曲,不惜反復吟詠,以新豔的韋調描寫當時的情況。因爲篇幅有限,此處僅錄下李白的兩篇作爲代表:

鏡湖水如月　耶溪女如雪　新妝蕩新波　光景兩奇絕(浣紗石上女)

玉面耶溪女　靑娥紅粉粧　一雙金齒屐　兩足白如霜(越女曲)

唐人不知用棉織品,江南吳越會以麻織成很薄的葛布。同時四川也產葛布。

鮑溶採葛行寫採葛的女工說:

春溪幾回葛花黃　黃麝引子山山香　蠻女不惜手足損　鉤刀一一牽葛長　葛絲茸茸春蠻禮
深澗擇泉清處洗　殷勤十指薑吐絲　當窗嫋嫋聲高機　織成一疋無一兩　供進天子五月衣
水晶夏畹開涼戶　冰山繞座猶難御……自茲貢薦無人惜　那敢更爭寵手跡　蠻女將來海市頭

大概是西南靠邊疆的蠻夷女子，採了山上的廳，經過若干繁難的手續，織成葛布，很低廉地賣與官家，進貢宮中作五月的衣服。因吳中的產品更細緻輕爽，不能相比，她們只好把她們的出產賣給嶺南的貧估客了。

賣與嶺南貧估客

第三節　採蓮及採菱女工

江南農村婦女最饒有別趣的工作，要算夏天的採菱和採蓮。一羣羣青春婦女遊魚一般出沒在蓮花荷葉中，給自然界增加不少的美麗，實際上若說是一種苦工，母寧說是一種民間遊戲較為妥當。有如西洋的五月節；這時候許多觀衆齊來看人賞花，同時男女青年，藉此機會認識結交，因此時人得了不少的材料，產生很多的民歌採蓮曲，來描寫那時風流浪漫的情況，如徐彥伯的採蓮曲。

妾家越水邊　搖艇入江烟　旣見同心侶　復採同心蓮　採藕絲能脆　開花葉正圓　春歌弄
明月　歸棹落花前

歌中分明說她遇見情侶了，便同採蓮，在明月下唱着歌兒，直到天暮了才搖着船兒囘家，確是自由惬意之極。

還有李白一首採蓮曲，更刻畫得天真自然，如：

若耶溪旁採蓮女　笑隔荷花共人語　月照新妝月底明　風飄香袂空中舞　岸上誰家遊冶郎　三三五五映垂楊　紫騮嘶入落花去　見此踟蹰空斷腸

在銀色月光之下，水上一羣天真純潔的村女，在清風中飄揚，看見岸上三三五五富家公子，牽着名貴的紫騮，在垂楊下欣賞她們，焉能不暗暗地叫她們銷魂。等到那羣闊公子玩夠隱入落花去了，她們只有忽忽如失「踟蹰空斷腸」了。

採蓮是農村婦女從幼學慣的工作，詩人劉方平告訴我們說：

落日晴江裏　荊歌豔楚腰　採蓮從小慣　十五卽乘潮（採蓮）

才入青春期的少女，初加入採蓮時的心情，是非常有趣的，如：

見客棹船囘　笑入荷花去（李白越女詞）

與羞答答的桑下少女，恰遙遙對照，如劉綰秦娥：

秦娥十四五　面白於指爪　羞人夜采桑　驚起戴勝鳥

可是無論在任何種快樂的場合下，總有少數人反會引起愁腸的。王勃在他的採蓮曲裏描寫一位少女說：「桂棹蘭檣下長浦，羅裙玉腕輕搖櫓，塞外征夫猶未還，江南採蓮今已煮。」這是

採蓮的季節使她憶起出征的丈夫，又說：「採蓮歌未歇，浩蕩江上風，徘徊江上月。」這是作夜工的情形，江上明月更加深刻她的離情別緒，又說：「共向寒光千里外，征客關山路幾重」；這時她的一顆芳心，早巳馳向千里之外了。

夏秋的時候，江南還有采菱也是同樣的性質，半屬工作，半屬帶遊戲性質的風俗。劉禹錫在他的採菱行的序裏邊說：「武陵俗事採菱，女郎多盛遊於馬湖，採菱奉客。」他的詩，筆調非常綺麗輕鬆，如：

白馬湖平秋日光　紫菱如錦綵鴛翔　蕩舟遊女滿中央　採菱不顧馬上郎　爭多逐勝紛相向

時轉蘭橈破輕浪　長鬟弱袂動參差　釵影釧文浮蕩漾　笑語哇哇顧晚暉　蓼花綠岸扣弦歸

歸來共到市橋步　野蔶繁船萍滿衣　家家竹樓臨廣陌　下有連橋多佑客　攜觴薦菱夜經過

醉踏大堤相應歌　屈平祠下沅江水　月照寒波白煙起　一曲南音此地聞　長安北望三千里

這簡直是一幅極美麗生動的圖畫，一羣採蓮的少女，帶着夕陽拂着晚風，爭多逐勝地去採菱，回來的時候，滿衣浮萍。採到的菱統賣給竹樓下橋邊飲酒的客人。她們新鮮活潑的姿態，歷歷如在目前。

第四節　船娘

水上還有一種含有羅曼克性質的勞動婦女，便是船娘。江南河道交錯，魚產豐富，況且

那時的交通貨運，幾全懇水上，因此江面上商賈如雲，形成一種特有的繁榮。而且船娘的生活，更富有浪漫性和詩意，絕不是我們想像中飽受風霜蓬頭垢服的勞動婦女子。現在且看徐堅描寫的船娘吧！

棹女飾銀鈎　新妝下翠樓　霜絲青桂棹　蘭橈紫霞舟　水落金陵曙　風起洞庭秋　扣弦過曲浦　飛帆越回流　影入桃花浪　香飄杜若洲　洲長殊未返　蕭散雲霞晚　日下大江平　煙去歸岸遠　岸遠聞潮波　爭途遊戲多　因聲趙津女　來聽採菱歌（棹歌行）

這是一篇羅曼的克的描寫，裏邊沒有絲毫勞動血汗的暗示，原因是南方的天氣及地理環境，加上水面的經濟繁榮，造成了她們生活中的輕鬆與自由，確實南方的女子比北方的新鮮活潑多了。當朝日照在水面，曉風拂着她們的衣裳，船上載滿了客人或貨物，扣弦渡過曲浦，飛帆越過回流，影子倒在紅色的浪上，這時她們忘了遠近，忘了疲倦，等到「蕭散雲霞晚」「日下大江平」了，夕煙迷漫中才逍遙看見歸岸。途中還與鄰船來一囘划船競賽，或合唱一曲採菱歌來，引起寄居南方的趙津女孳出來觀看，姝羨不置。然而有時遇着天氣惡劣浪高風緊的當兒，自然也會感到煩悶，尤其是黑夜獨自行船，一陣陣浪花打進船來，偶然遭遇的艱難，也會無形中在那輕鬆的境界裏，掀起一陣莫名的惆悵與寂寞，如崔顥江上女云：

川上女　曉妝鮮　日落試輕檝　汀長花滿正迴船　暮來浪起風轉緊　自言此去橫塘近　綠

江無伴夜獨行　獨行心緒愁無盡

還有李白越女詞，更暴露船娘生活浪漫的一面來，如：

吳兒多白皙　好爲蕩舟劇　賣眼擲春心　折花調行客　東陽素足女　會稽素舸郎　相看月未墜　白地斷肝腸　長干吳女兒　眉目豔星月　屐上足如霜　不着鴉頭襪

由上面幾篇記載中，我們至少可以想像船娘生活的大概了。

第三章 勞動婦女——下

第一節 農耕女工

安史之亂後，農村破產，生活完全變了盛唐以前富庶正常的局面。一直到晚唐黃巢之亂，更明顯地宣佈了農村的不安和失常。最先嘗到苦杯的可以說是婦女。這時不復是「男耕女織」的正常狀態了。因着外患內亂流離飢饉，壯丁多逃亡失散。婦女於經營蠶桑紡織之外，還得下地耕種，悉作男子的工作。現在且看晚唐時人皮日休的記載說：

秋深橡子熟　散落榛無崗　傴僂黃髮媼　拾之踐晨箱　移時始盈掬　盡日方滿筐　幾曝復幾蒸　用作三冬糧　山前有熟稻　紫穗襲人香　細穫又精舂　粒粒如玉璫　持之納於官　私室無倉箱　如何一石餘　只作五斗糧　狡吏不畏刑　貪官不避贓　吁嗟逢橡媼　不覺淚沾裳（橡媼嘆）

這是一幅農村破產備極悽慘的圖畫，自己努力種的玉璫似的稻子，被貪污官吏打疊刦去，無法只得拾取橡子，充作三冬的食糧。還有戴叔倫女耕田行敍述婦女耕種的苦況，更是悽楚萬分，

如：

乳燕入巢筍成竹　誰家二女種新穀　無人無牛不及犂　持刀斫地翻作泥　自言家貧母年老

長兄從軍未娶嫂　去年災疾牛囤空　截絹買刀都市中　頭巾掩面畏人識　以刀代牛誰與同

姊妹相攜心正苦　不見路人唯見土　疏通畦隴防亂苗　整頓溝塍待時雨　日正南崗下餉歸

可憐朝雉擾驚飛　東鄰西舍花發盡　共惜餘芳淚滿衣

又張籍也描述一位農婦，丈夫出征了，家中姑老子幼，自己只得去捕魚賣絹，肩起家庭的經濟負担，及國家的糧稅責任，如：

促促復促促　家家夫婦歡不足　今年爲人送租錢　去年捕魚向江邊　家中姑老子復小　自執吳絹輸稅錢　家家桑廡滿地黑　念君一身空努力　顧敎牛蹄團團羊角直　君身常在貧亦得（促促辭）

政府官僚的剝削，社會羣衆生活的依賴，供求不平衡，造成農村普遍的呻吟，加之壯丁多數被徵從軍，婦女便得負起家國雙重的經濟責任來。因爲唐代國家稅收來源，除鹽鐵歸國營外，其餘槪取給於農村的。這時期中農耕婦女的苦況可想而見了。

第二節　負薪女工及負鹽女工

在西南夔州一帶，山多民貧，婦女多在山地工作，她們的生活與秦地的採桑女或江南的船

娘比較起來，真不可同日而語了。她們常負薪到市上去賣。還有那地鹽井很多，她們也參加負鹽工作。杜甫描寫她們說：

寒輕市上山煙碧　日滿樓前紅霧黃　負鹽出井此溪女　打鼓發船何郡郎（負鹽女）

他又寫負薪女工說：

夔州處女髮半華　四十五十無夫家　更遭喪亂嫁不售　一生抱恨長咨嗟　土風坐男使女立　男當門戶女出入　十有八九負薪歸　賣薪得錢應供給　至老雙鬟只垂頸　野花山葉銀釵并　筋力登危集市門　死生財利兼鹽井　面粧首飾襟啼痕　地褊衣寒困石根　若道巫山女麤醜　何得北有昭君邨（負薪行）

本詩不但把當地風俗和她們的工作生活說得詳細，連她們的粧飾以及精神苦痛都給了一個大概。至今四川西部還有女多於男的處所，女子作工負担家庭經濟，男子倒在家中閒着。至於四十五十歲嫁不售的老處女，一生做着負重的工作，確可以代表婦女辛苦生活的另一角。

最有趣的是好打抱不平的詩人白居易把辛苦的賣薪女和東南富庶區慣於享受的妓女來一比較。他說：

亂蓬為鬢布爲巾　曉踏寒山自負薪　一種錢塘江畔女　着紅騎馬是何人（代賣薪女贈諸妓）

一個衝寒入山採薪，一個穿紅着綠在馬背上到處遊玩：這是表現兩種極端相反苦樂不均的生活。

第三節　酒家女及流浪歌女

酒家女身體上並不怎樣勞動，但是因為她們是獨立地靠營業自食其力，所以也放在勞動婦女一類，楊巨源胡姬詞說：

妍豔照江頭　春風好客留　當戶知妾慣　送酒爲郎羞　香度傳蕉扇　妝成上竹樓　數錢憐皓腕　非是不能愁

辭意非常香豔，足見她們賣酒之外，還營着一種副業，實際上已失去勞工獨立自由的精神，而近乎娼妓的行為了，以後往妓女一章當再詳述。

還有一種下級流浪少女，在市上挨門賣唱為生，普通能唱幾支小曲，也會幾件粗淺樂器，劉禹錫傷秦妹行可作為代表。內容是說的一位賣唱的美麗少女，被某官僚一見賞識，帶囘府第，請教師傳授歌舞，蓄為家妓。詩中有兩句說：「長安二月花滿城，揷花女兒彈銀箏，」恐怕就是今日的打花鼓之類。唐人好音樂詩歌，大概此類在市上供給民衆音樂的低級歌女一定不少。

第四節　安史及黃巢亂時的婦女生活

唐代最混亂的時期，便是安史之亂及黃巢之亂。在這時期，一般勞動民衆平日受盡了官家的搜索搾取，此時還得被徵去當兵。婦女們下了機杼，又背上鋤頭，還加上戰時種種的恐怖和

踩躪，她們的痛苦眞是深刻到萬分。兩位寫實派的大詩人——杜甫及韋莊，恰巧生逢其時，把他們的經歷見聞，用血和淚一一刻畫出來。這樣紛擾的時代，這樣偉大的詩人，今特別以一節來研究當時婦女的生活情形，一定是很值得的。

先看天寶亂時之婦女吧！男人出征了，婦女負起民食的生產工作來，杜甫寫着說：

……縱有把鋤犂　禾生隴畝無東西（兵車行）

她們同時還得顧及紡織，照樣納帛給官家，如詠懷遣遇：

丈夫則帶甲　婦女終在家　力難及禾稷　得種桑與麻（喜晴）

彤庭所分帛　本自寒女出　鞭撻有夫家　聚歛貢城闕　石間采蕨女　囧市輸官曹　丈夫死百役　纍返空郇號

有時官家強索壯丁，她們得充兵役，如：

家中更無人　惟有乳下孫　有孫母未去　出入無完裙　老嫗力雖衰　請從吏夜歸……夜久語聲絕　如聞泣幽咽　天明登前途　獨與老翁別（石壕吏）

新婚的婦女，生離死別之情更是悽慘，如：

嫁女與征夫　不如棄路旁……暮婚晨告別　無乃太匆忙……自嗟貧家女　久致羅襦裳　羅襦不復施　對君洗紅糚（新婚別）

她們還直接受到戰爭的踩躪，不但敵兵欺凌婦女，連官軍都有同樣的行爲，如：

殿前兵馬雖驍雄　縱暴略與羌渾同　聞道殺人漢水上　婦女多在官軍中（三絕句之一）

在此期中，婦女身心雙方面受到的痛苦無以復加。

黃巢之亂時，恰巧也出了一位大詩人韋莊，他應舉時適逢巢寇犯闕，遂爾產生。詩中言及寇軍入城，燒殺擄掠，歷歷如繪。尤以當時婦女所受的痛苦和蹂躪，令千古以後的人讀了，也不免滴下一掬同情之淚。惟該詩係唐寫本，在敦煌發現，前後殘闕，尚近千字，茲錄於下：

秦婦吟

（上闕）南鄰走入北鄰藏，東鄰走向西鄰避。北鄰諸婦咸相湊，戶外奔騰如走獸。轟轟焜焜乾坤動，萬馬雷聲從地湧。火迸金星上九天，十二官街烟烘烔。陰雲暈氣若重圍，口者流星如血色。紫氣潛隨帝座移，妖光暗射口星析。舞伎歌姬盡歸然，嬰兒稚子皆生棄。東鄰有女眉新畫，傾國傾城不知價。長戈擁得上戎車，囘首香閨淚盈把。旋抽金線學縫旗，旋上雕鞍教走馬。有時馬上見良人，不敢囘眸空淚下。西鄰有女眞仙子，一寸橫波剪秋水。妝成只對鏡中春，年幼不知門外事。一夫跳躍上金階，斜袒牛臂欲相恥。牽衣不肯出朱門，紅粉香脂刀下死。南鄰有女不記姓，昨日良媒新納聘。琉璃階上不聞聲，翡翠簾前空見影。忽驚庭際刀刃鳴，身首分離在俄頃。仰天掩面哭一聲，女弟女兄同入井。北鄰少婦行相促，旋折雲鬟拭眉綠。已聞聲托攘离

門，不覺攀緣上重屋。須臾四門火光來，欲下危梯梯又攔。煙中大聲猶求救，梁上懸屍已作灰。妾身幸得全刀鋸，不敢踟躕久回顧。旋梳雲鬢逐軍行，強展蛾眉出門去。舊里從茲不得歸，六親自此無尋處。一從陷賊經三歲，終日憂驚心肝碎。鶯縱入豈成處？寶貨雖多非所愛。蓬頭面垢眉猶赤，幾轉橫波看不得。衣裳顛倒語言異，面上帳縱入豈成處？寶貨雖多非所愛。蓬頭面垢眉猶赤，幾轉橫波看不得。衣裳顛倒語言異，面上誇功雕作字。柏臺多士盡狐精，蘭省諸郎皆鬼魅。還將短髮戴華簪，翻持象笏作三公。倒佩金魚為兩制。朝奏朝對入朝堂，暮見喧呼來酒市。一聲五鼓人驚起，聲嘯喧爭如竊議。夜來探馬入黃城，昨日官軍收赤水，赤水去城一百里，朝若發兮暮應至。凶徒馬上暗吞聲，女伴閨中潛生喜。皆言冤情此日銷，必謂嬌郎今日死。邐巡走馬傳聲急，又道軍前金陣入大臺小臺相顧憂，三郎四郎抱鞍泣。汎汎數日無消息，必謂軍前已銜壁。簸箕掉劍却來歸，又道官軍屢敗績。四面從茲多厄困，一斗黃金一斗粟。尚浪𩰚中填木皮，黃巢機上刻人肉。合元體南斷絕無糧道，溝壑漸平人漸少。六軍門外倚僵屍，七架營中填木皮。長安寂寂今何有，廢市荒街麥苗秀。采樵斫盡杏園花，修塞誅殘御街柳。華軒繡轂皆消散，甲第朱門無一半。昔時繁盛皆埋沒，舉目淒涼無故物。內庫燒為錦繡灰，天街踏盡公卿骨。來時曉出城東陌，城上風烟如塞色。路旁時見游奕軍，坡下絕無迎送客。霸陵東望人烟絕，樹銷鸇山金翠滅。大道俱成棘子林，行人夜宿長□月。明朝曉至三峯路，百萬人家無一戶。破落田園但有蒿，摧殘竹樹皆無主。路旁試問金天神，金天無語愁於人。廟前古柏有殘

折，殼上金爐火暗塵。一從狂寇陷中國，天地晦盲風雨黑。案前神水呪不成，壁上陰兵驅不得。閒日徒欲口響思，危時不助神通力。我今愧恧拙為神，且向山中深壁匿。寰甲簫管不會聞，筵上犧牲無處覓。旋教壓（下闕）

第五節　勞動婦女的不平

本章與前章已給當時勞動婦女的生活畫了一個大概。她們雖然極端忍受各種委屈，然而不平則鳴，她們反抗的呼聲亦正是異常嘹喨，她們最痛恨宮中和朱樓上的貴族婦女不紡不織，卻會作蹧蹋。如白居易繚綾行云：

織者何人衣者誰　越溪寒女漢宮姬

金斗熨波刀剪紋　去年中供宣口勅　天上取樣人間織　廣裁衫袖長製裙

她們這樣小心翼翼地紡織，可是享受的人怎樣呢？

昭陽舞人恩正深　春衣一對値千金　汗沾粉污不再着　曳士蹋泥無惜心

最後作者用哀求的口吻代她們訴苦說：

繚綾織成費功績　莫比尋常繪與帛　絲細繰多女手疼　扎扎千聲不盈尺　昭陽殿裏歌舞人

若見織時也應惜

誠然暴殄天物的人，若聽見她們這樣沉痛的申訴，也許會動一動心吧！

她們更嫉恨倡妓，怒她們「十指不動衣盈箱」（王建當街織）僧若蓬盧的織婦更恨恨地指着妓女說：

蓬鬢蓬門積恨多 夜闌燈下不停梭 成纑猶自陪錢納 未值青樓一曲歌

在她們心中，寄生社會的倡妓，她們不能理解爲何自己辛苦的產品，本人不能享受，卻要白日納給宮中。她們不會是一個啞謎，她們不能理解爲何自己辛苦的產品，本人不能享受一切奢侈品。只看王建失敘怨形容貧女的悽酸，更是悽楚動人：

貧女銅釵惜於玉 失却來尋一日哭 嫁時女伴與作妝 頭戴此釵如鳳凰 雙杯行酒六親喜我家新婦宜拜堂 鏡中乍無失髻樣 初起猶疑在牀上 高樓翠鈿飄舞塵 明日從頭一遍新貧女遺丟了一枝銅釵，哭尋了一天；高樓舞筵上那怕失了翠鈿，第二天滿不在乎地又從頭一遍新了。

又元結貧婦詞云：

誰知苦貧夫 家有愁怨妻 請君聽其詞 能不爲酸悽 所憐抱中兒 不如山下麑 空念庭前地 化爲吏人蹊 出門望山澤 迴頭心復迷 何時見府長 長跪向之啼

可憐的貧婦，夫苦兒啼，積怨無處可訴，還希望見到府長，可以「長跪向之啼」。哭求垂憐，眞可謂厚道之至。庭前地已「化爲吏人蹊」了，還欲認賊作父，其痛苦可以想見。

第四章 民間一般婦女的日常生活

前兩章偏重到下層即勞動婦女和她們的勞動狀況及感覺。本章及下章却要把民間一般婦女的日常生活并家庭社會對於她們的待遇，以及她們的人生觀思想習慣時何作一個綜合的概述。

第一節 少女生活

婦女的黃金時代可說是她們的少女期了。她們是天眞的活潑的，如初放的花苞剛領略到賜光的和煖與美麗，沒有經驗到生活的苦痛，沒有感到人生的惆悵，整個的宇宙在她們的心目中，永遠是金色的。下面摘錄幾首詩，頗能代表當時一部份少女的生活，如：

劉禹錫寫她們春日遊戲：

何處春深好 春深幼女家 雙鬟梳頂髻 兩面繡裙花 妝壞頻臨鏡 身輕不占車 楸千爭

次第 采繩斜（深春好）

白居易寫她們在家裏的情形：

娉婷十五勝天仙 白日姮娥早地蓮 何處閒教鸚鵡語 碧紗窗下繡牀前（鄰女）

蘇家少女名簡簡 芙蓉花腮柳葉眼 十一把鏡學點粧 十二抽針能繡裳 十三行坐事調品

這大概是士人官僚階級一般少女普遍的生活，十一歲學點糙，十二歲女紅，十三學絃調，以後便算成年準備待嫁了。還有商人家的女兒及青樓倡家的養女，她們的物質享受非常富裕，然而禮教觀念比較薄弱，所以她們的教育著重點亦略有不同。如李商隱寫著說：

八歲偷照鏡　長眉已能畫　十歲去踏青　芙蓉作裙衩　十二學彈箏　銀甲不曾卸　十四藏六親　懸知猶未嫁　十五泣春風　背面鞦韆下（無題）

她們學點糙的年齡比較早，十歲參加踏青，十二歲學音樂，教育不注重女紅鳶調，而注意社交與音樂。因為門第不高，出嫁較難，十五歲猶無人問津，便要背人偷泣春風了。

至於勞動階級的貧家少女，她們比較先嘗到人生的悲哀和世態的炎涼。當她們出去踏青的時候，見闊人家的婦女扮得天仙似的金碧輝煌，引起遊客的注意，反過來自顧布裙荊釵，相形之下，未免見絀。李山甫寫著說：

平生不識繡衣裳　閒把荊釵益自傷　鏡裏祇應諳奇絕　人間多自重紅糚（貧女）

無論天然生得怎樣美麗，沒有衣飾，仍然不能惹人注意。加之當時社會的趨向，娶婦重門第嫁奩。貧女置不起豐富糚奩，往往坐老閨中。那時在她們不但是一種悲哀，而且是極大的恥辱。白居易又拉直嗓子大叫不平：

天下無正聲　悅耳卽爲娛　人間無正色　悅目卽爲姝　顏色非相遠　貧富則有殊　貧爲時

所棄　富為世所趨　紅樓富家女　金縷繡羅襦　見人不斂手　嬌癡二八初　母兄未開口
已嫁不須臾　綠窗貧家女　寂寞二十餘　荊釵不直錢　衣上無真珠　幾回人欲聘　臨日復
踟躕　主人會良媒　置酒滿玉壺　四座切勿飲　聽我歌兩途　富家女易嫁　嫁早輕其夫
貧家女難嫁　嫁晚孝於姑　聞君欲娶婦　娶婦意何如（議婚）

詩人苦口婆心，比較貧富女子的優劣，勸人娶妻以賢不以財，理足詞正，在當時社會上總該喚
醒一些拜倒黃金的人吧！

第二節　婚後生活

第一節裏已充分地暗示了一般少女的出嫁期，大概是在十五歲左右。白居易續古詩有兩句
說：「無媒不得選，年忽過三六」：十八歲尚待字閨中，就算愆期了。
婚後便算託終身於一男子，一生居男子家中，日常工作除服侍丈夫外，第一要主全家的烹
調，經理飲食，如：

三日入廚下　洗手作羹湯　未諳姑食性　先遣小姑嘗（王建新嫁娘）

怪可憐的，初到夫家廝生生地，怕不合翁姑的口味，先請小姑來嘗嘗。其次於晨昏必問起居，
侍候翁姑如事父母：

十五嫁邑八　十六失征行　夫行一十載　婦獨守孤煢　其夫有父母　老病不安寧　其婦執

第四章　民間一般婦女的日常生活

二九

婦道 一如禮經 晨牌問起居 恭順發小誠 藥餌自調節 膳饈必甘馨……（白居易詩

路石婦詩）

此外剩下的時間，作作女紅；一面供給家人的衣著，一面藉此消遣閨中的閒日：

連枝花樣繡絲襦 本擬新年餉小姑 自覺逢春饒悵望 誰能每日趁工夫 針頭不解愁眉結

線縷難穿淚臉珠 雖憑繡牀卻不語 同牀繡伴得知無（繡婦吟）

活畫出奉閨裏的少婦靜靜地刺繡忍有所思的神情。假若家中人口過多，白天忙不過來，那末夜闌後下還得從事女紅。這時候萬籟俱靜，一聲聲的更鼓把自己的身世以及萬種離情愁緒都引上心頭，暗自流淚。徐彥伯白居易各有一篇很細微的描寫，如：

切切夜閨冷 微微孤燈燃 玉簟紅淚滴 金鑪彩光圓 頓手縫輕素 顰蛾嚬斷絃 相思咽

不語 回向錦衾眠（孤獨怨）

寒月沉沉洞房靜 真珠簾外梧桐影 秋霜欲下手先知 蠟底裁縫剪刀冷（寒閨怨）

其實另有一部份人在另一種環境裏，過着輕快無愁的生活。惟日事妝飾遊嬉，盡量享受人生的春景。如：

閨中少婦不知愁 春日凝妝上翠樓……（王昌齡閨怨）

又崔顥描述一位小家少婦，因女弟選入宮中有寵，一門驟貴，任意出入宮中，異常驕奢自負。詩云：

又有一種富家的姬妾，仗恃丈夫的寵愛，度着優遊自在的生活。如前作者的王家少婦：

姿年初二八　家住洛橋頭　主戶臨馳道　朱門近御溝　使君何暇問　夫壻大長秋　女弟新承寵　諸兄近井侯　春生百子殿　花發五城樓　出入千門裏　年年樂未休（相逢行）

十五嫁王昌　盈盈入畫堂　自矜年最少　復倚嬌爲郞　舞夢前溪綠　歌憐子夜長　閑來門

百草　竟日不梳妝

在中層以下的社會，禮敎的羅網非常脆弱，關不住許多浪漫的少婦。她們知道怎樣利用大好的春光。讓劉禹錫的深春好來作代表吧！

何處春深好　春深少婦家　能偸新禁曲　自剪入時花　追逐同遊伴　平章貴價車　從來不

墮馬　故道髻鬟斜

這大概是青樓裏的少婦或商人的姬妾，也許是民間門戶不高的家庭裏的少婦。她們項上沒有無形的枷鎖，很自由的出入。在戶內時則翻唱逢萊宮梨園新製的禁曲，或剪製時樣的花朶，到了戶外或乘車或騎馬，並且還故意歪着鬢兒，在馬背上表現那百無拘束的模樣。不必像另一部份的婦女，要保持門戶及地位，被鎖在深閨裏或高樓上，對着春光嗚咽，徒歎情流水似的年華。

第三節　出婦

已嫁的女子，唯一的願望便是永遠保持主婦的地位，希望與託身的男子生要偕老死要同穴。

可是命運安排她們的苦樂，不由本人作主，却繫之於丈夫及兒子身上的。因為她們被責成最大的貢獻就是生育子嗣綿續香火。假若不幸因為單方或雙方或至於純粹對方生理的缺憾，不能生育子嗣；那末她們是失了唯一應有的功用，按古禮要被出。白居易和微之聽妻別鶴操代她們訴苦說：

義重莫若妻　生離不如死　誓將死同穴　其奈生無子　商陵迫禮敎　婦出不能止　舅姑明

且辭　夫妻半夜起……

這是一幅悽慘的圖畫。這位多情的詩人接著敍到他自己與他的好友元微之同落在這一個命運之網中。可是他本人的主張怎樣呢？他說：

一聞無兒歎　相念兩如此　無兒雖薄命　有妻僧老矣　幸免生別離　猶勝商陵氏

他自己重夫妻愛情甚於子嗣，寧願無子不肯出妻。白先生眞可說是以身作則最關切婦女的同情者了。犧他自己作品中的記載，他與元稹晚年均各得一子，雖然他的兒子仍然天亡，有悼兒詩可以證明；同時由此知道一定為姬妾所出。當時唐人已盛行置妾代耕生育的功用。然而普通的民家常無力置妾，子嗣又不能沒有；所以出妻之風依然很盛。這是當時一般婦女最深刻的痛苦，朝夕憂慮得失，懼怕自己的地位搖勁，腾怕自己的沒有；所以出妻之風依然很盛。張籍離婦云：

十載來夫家　閨門無瑕疵　薄命不生子　古制有分離　託言身同穴　今日事乖違　念君身

棄捐　誰能強在茲　堂上見姑嫜　長跪請離辭　高堂捉我身　哭我於路陲

足見這麼一位極賢良的主婦,只因無子便得請出。此種無理由的虐待和殘酷,令人髮指。

第四節 棄婦

男性既有片面離棄妻子的自由,此種權利的濫用,不但無子可以作離棄的理由,有時因為男性自私喜新厭舊,而遭離棄的婦女,亦不在少數。白居易說得最悽楚:

……若比人心是安流 人心好惡苦不常……與君結髮未五載 忽從牛女為參商……何況如今鸞鏡中 妾顏未改君心改 為君薰衣裳 君聞蘭麝不馨香 為君盛容飾 君看金翠無顏色……(太行路)

只因被丈夫厭棄了,無論如何殷勤善慮,只落得動輒得咎,雖蘭麝不香,美容亦無色了。此外還有一最無理由而遭離棄的因素。唐人好遨遊,或訪友或近玩名勝,常一出門,經年不歸。男子可以四海為家,讓年青的妻子在空閨裏,年年對看春花秋月,情絲縈迴,唏噓嘆息,等他日己盛年過了,遊興衰了,歸來一見昔日如花的美人,已是半老徐娘,不堪為妻了。他們的婚姻原來就是建設在倫常觀念和宗法制度上的,雙方並無根深蒂固的感情,婦女只憑色和心計去獲得男子的愛惜。等到一別若干年,起初一點兒恩情早已忘懷;加之容顏已衰,乍一見面彷彿陌生人一般。且看顧況描寫的棄婦說:

結髮日未久 離居緬山川 家家盡歡樂 賤妾空自憐 及此見君還 君歸妾已老 物華惡

不時喚起他對於自己的印象。如薛瑗寄自己的一輻寫眞給客中的丈夫，並題有詩云：

> 欲下丹青筆　先拈寶鏡寒　已經顏索寞　漸覺鬢凋殘　淚眼描將易　愁腸寫出難　恐君渾忘却　時展畫圖看

如此用心亦良苦矣！

另外一種貧家女，因姿色過人給五陵關少看上了，嫁作豪門之妾。不多時物換愛弛，又是一幕遭離棄的悲劇：

> 妾本蠶家女　不識貴門儀　藁砧持玉斧　交結五陵兒　十日或一見　九日在路岐　人生此夫壻　富貴欲何為　嫁女莫望高　女心願何宜　盡以賤相守　不願貴相離（李益雜曲）

因為好虛榮嫁給富家，滿腔希望與丈夫同享富貴，結果遭了離棄。白先生又描述一位棄婦，不但遭棄，還得撇下懷中的幼子。母子分別時，哭得天昏地暗白日無光，極盡人間的慘事，如：

> 母別子　子別母　白日無光哭聲苦　關西驃騎大將軍　去年破虜新策勳　勅賜金錢二百萬

婁婦　新寵方妍好　掩淚出故房　傷心極拭草……不忿君棄妾　只嘆妾緣薄　昔慚初嫁君　小姑才倚牀　今日辭君去　小姑如妾長　囘頭語小姑　莫嫁如兄夫（棄婦詞）

這是何等的沉痛！最可憐又可嘆的，就是不忿丈夫棄她，反怨自己命薄；正因為這樣更足以深刻她的痛苦了。比較伶俐的婦女會百般設法在她遨遊的丈夫記憶中，

洛陽迎得如花人　新人迎來舊人棄　掌上蓮花眼中刺　迎新棄舊未足悲　悲在君家留兩兒　一始扶行一初生　坐啼行哭牽人衣　以汝夫婦新嬿婉　使我母子生別離　不如林中烏與鵲　母不失雛雄失雌。又似園中桃李樹　花落隨風子在枝　新人新人聽我語　洛陽無限紅樓女　但願將軍重立功　更有新人勝於汝（母別子）

最沉痛的就是末段咬牙對於新人的警告。唯一可能有希望的報復，就是將軍再立功，地位更高了，勢必要更美好的新人，使她也嘗嘗目前自己的痛苦。實際上新人也並不是真正的敵人，因為她一樣的也是一朝不保夕的可憐蟲啊！白居易證寫着一同樣性質的慘劇說：

我本幽閒女　結髮事富豪……良人近封侯　出入鳴玉珂　自從富貴來　畏讒讒言多……客光未銷鉛　歡愛忽蹉跎……（續古詩）

這裏分明說丈夫富貴了，妾媵也多了，因此她自己的地位發生動搖；本來是掌上玉，現成眼中釘了。

出婦棄婦的出路怎樣？請看顧況棄婦詞說：

古來有棄婦　棄婦有歸處　今日妾辭君　遭妾何處去　舊家零落盡　慟哭來時路……

她本來就附屬在男子的蔭庇之下，家庭及社會均沒有她獨立的地位。現在被保護她的男子棄了，生活失了保障，受社會的歧視，也不容易重嫁，如顧況繼續說：

如此憔悴顏　空將舊物還　餘生欲有寄　誰肯相牽攀

同時她們自己在心理上也是不願再嫁，如：

婦人貴結髮，寧有再嫁資（同上）

何況再嫁的機會倘很稀少呢？她們那樣無條件無保障地被逐出夫家，一生就算完了。最後還有一種特殊情形，因取不到夫家主婦地位而遭逐出的，現在且聽她自述：

憶昔在家爲女時　言舉勤有殊姿

她生得很美麗，同時處女生活是很榮滿：

笑隨戲伴後園中　此時與君不相識　妄弄青梅憑短牆　君騎白馬傍垂楊　牆頭馬上遙相顧

一見知君卽斷腸

這時彼此傾心，互指松柏爲誓，相與私奔：

知君斷腸共君語　君指南邊松柏樹　感君松柏化爲心　暗合雙鬟逐君去

那知當時禮敎是不容納私奔婦女的：

到君家中五六年　君家大人頻有言　聘則爲妻奔爲妾　不堪主祠奉蘋蘩

因爲沒有經過六禮的手續，取不到主婦地位而被逐了：

終知夫家不可住　其奈出門無處去　豈無父母在高堂　亦有情親滿故鄉　潛來更不通消息

今日悲羞歸不得（井底引銀瓶）

這恐怕是白居易作品中最慘的悲劇了。社會的制裁家庭的睡棄，威脅一個沒有生存能力的弱女

三六

走上末路，真夠慘了，想當時這類例子很多，此不過千百中一代表吧了，

第五節 寡婦及商人婦

唐人詩中出乎意料之外對於寡婦的描寫很少。大概是因爲當時在理論上雖有消極鼓勵寡婦守節的提倡，如韓愈烈女操云：

梧桐相待老　鴛鴦合雙死　貞婦貴殉夫　捨生亦如此　波瀾誓不起　妾心井中水

實際上並未得到社會一般的擁護，也許還引起少數人的反感。如白居易本人就是文化階級的領袖，在他作的婦人苦裏邊，爲婦女大抱不平。唐代公主再醮的就有二三十人。（註一）連韓愈自己的女兒也是夫死再嫁的。（註二）社會既不歧視再醮寡婦，並且對於偶爾守節的寡婦，一定還異常尊敬，她們精神必得着安慰。因此詩人們也就轉移視線不去注意她們了。

此外還有一類婦女，過着另外一種不同的生活，而且佔的百分數很高，那就是商人婦。唐代國內外貿易旣甚發達，經商的人一定很多。可是那時交通多憑水上，而且又無汽船快艇，常經年累月不能由一處到達另一處。因此商人的家就在船上，所以商人婦的生活完全是另一種風味，且看下面白居易描寫的一位鹽商太太：

鹽商婦　多金帛　不事田農與桑績　南北東西不失家　風水爲鄉船作宅　本是揚州小家女　嫁得西江大商買　綠鬢富去金釵多　皓腕肥來銀釧窄　前呼蒼頭後叱婢　問爾應何得至

此壻作鹽商十五年　不屬州縣屬天子　每年鹽利入官時　少入官家多入私　官家利薄私
家厚　鹽鐵尙書遠不知　何況江頭魚米賤　紅鱠黃橙香稻飯　飽食濃粧依柁樓　兩朵紅腮
花欲綻　鹽商婦　有幸嫁鹽商　終朝美飯食　終歲好衣裳　好衣美食有來處　亦須慚愧桑
弘羊　桑弘羊死已久　不獨昔時今時有（鹽商婦）

這是很眞切的記述，不但活現出鹽商婦舒適的生活，連當時鹽商營業的情形亦給了一個指示。
當時的鹽商太太們恐怕是最幸福的了。一方面極盡物質的享受，他方面隨着丈夫暢遊四海，見
過多少名勝風景，閱歷過多少異識奇聞，她們的精神一定比陸上的婦女自由痛快多了。

註一　宋祁：新唐書公主列傳

註二　陳東原：中國婦女生活史，商務印書館，民國二十六年七月，第一一九至一二一
頁。

第五章 民間一般婦女的精神生活

第一節 已婚婦女的精神生活——離情寂寞

當時社會特殊的背景直接影響到婦女精神生活的，第一是全國的好武精神。尤以初唐到開元，上下一致崇拜武功，太宗特蓋凌煙閣以事鼓勵。唐人有一首詩可以為證：

少年天子重邊功　親到凌煙畫閣中　敎覓勳臣寫圖本　長將殿裏作屏風

表現一般人崇拜戰爭觀念的，如：

丈夫三十未富貴　安能終日守筆硯……（岑參銀山磧西館）

許國從來徹廟堂　邇年不如在疆場　將軍天上封侯印　御史臺中異姓王（前作者九曲詞）

馬上殺賊，沙場立功，殆為每個有志的男子夢想的實現，能引起多少人的崇拜和羨慕。當時昇到沸點的普遍戰爭狂熱，給與閨中一般婦女生活和精神上的影響，非常的大。前章已略言及。原因是戰場上的與醬可以消滅男子腦海中一切的回憶。婦女則不然，深閨裏經年平凡單調的生活，在在使她感到景物依舊，其人已非，一顆芳心隨着戰鼓，踏出了玉門關到了沙場，整個精神生活消磨在相思的魔網裏。春天的楊柳，

秋夜的明月，早晨的黃鶯兒，夜闌的更鼓，無一不使她們感到懷念征夫的刺激。因此她們心頭的離情寂寞，枕畔的相思熱淚，所織成的詩歌，在唐人詩中大放異彩。茲錄數首以見一斑：

　　伶俜獨居姿　迢遞長征客　君望功名歸　妾愛生死隔……（白居易續古詩）

打起黃鶯兒　莫教枝上啼　啼時驚妾夢　不得到遼西（金昌緒春怨）

閨中少婦不知愁　春日凝妝上翠樓　忽見陌頭楊柳色　悔教夫壻覓封侯（王昌齡閨怨）

妾家臨渭北　春夢著遼西　何苦朝鮮郡　年年事鼓鼙……（沈佺期雜詩）

看花無語淚如傾　多少春風怨別情　不識玉門關外路　夢中昨夜到邊城（戴淑倫閨怨）

孟郊有一首古意，寫得更是纏綿悱惻：

蕩子守戍邊　佳人莫相從　去來年月多　苦愁改形容　上山復下山　踏草成古蹤　指定入空房　無悰乍從容　啓怕理針線　繡為白芙蓉……欲寄未歸人

我們現在再看一位女作家寫她的個人經驗，她的丈夫名叫裴悅，遠征「匈奴」（外族）久不歸，她日常愁煩憂鬱，思慕悲切，寄征衣及詩與丈夫，詩意分外真切，令人淚下，如：

……惆悵無人試覽窄　舉袖勾殘淚紅綫……書中不盡心中事……時間寒雁聲呼喚　紗窗只有燈相伴　幾展齊紈又懶裁　離腸空遂金刀斷　細想儀容持尺刀……

其吹遊宦的風氣也有着同樣的影響。因為交通的阻塞妓女的充斥，一般官僚多習慣不攜家眷上任，把青年的妻子撩在空閨裏一年年任她憔悴。還有青年士子入京就試，考取後常直接赴

任所，另置姬妾，不高興繞道回家接取妻室，一旦不幸下第，更覺無顏歸家，寧願在外流浪，讓閨中的妻子，朝朝暮暮計算歸期。加之那時無郵訊機關，常若千年彼此不知下落，這樣更加重婦女精神上的痛苦。例如白居易長相思云：

珠箔籠寒月　紗窗背曉燈　夜來巾上淚　一半是寒冰

其他如：

紫袖紅弦明月中　自彈自感闇低容　絃凝指咽聲停處　別有深情一萬重（夜箏）

春風搖蕩日東來　折盡櫻桃綻盡梅　唯餘思婦愁眉結　無限春風吹不開　思婦眉

無一字一句不是沉重地載着她們深刻的離情別緒，還有一位女詩人寫給赴攷的丈夫杜羔說：

丈夫重志氣　兒女空悲啼　賦命有厚薄　君但遨遊姿寂寞

哀怨切戀之情溢於紙上。後來杜羔攷試及第，又進一層憂慮，怕他得了富貴忘却糟糠。又寫給她丈夫說：

……良人得意正年少　今夜醉眠何處樓

又代杜羔寄待給他的情人說：

無金可買長門賦　有恨空吟團扇詩

用心之苦，可謂至矣。

此外商人婦能隨着丈夫四處經商的，固是相當幸福，可是有重利不重情的商人，或者是別

第五章　民間一般婦女的精神生活

四一

有所戀，他們的妻子撇在家中，生離的痛苦，也不亞於征夫與遊宦。白居易的瑟炎人口的琵琶行，便是顯明的例子。爲篇幅所限，不能錄出。李白長干行描寫一商人婦，精神的痛苦較之琵琶行似乎更進一層，如：

妾憶深閨裏　煙塵不曾識　嫁與長干人　沙頭候風色　五月南風興　思君下巴陵　八月西風起　想君發揚子　去來悲如何　見少離別多　湘潭幾月到　妾夢越風波　昨夜狂風度　吹折江頭樹　森森暗無遊　行人在何處……自憐十五餘　顏色桃花紅　那作商人婦　愁水復愁風

她白日的思潮，晚上的夢魂，伴着丈夫的行程，到了一處又一處。夜間狂風起了，立刻担心到行人的安危。盡日愁水愁風，憂思縈迴。我想多數不能隨行的商人婦，就在此種不寧之心情下度日的。

還有許多婦女有了喜新厭舊好冶遊的丈夫，她們受着離情寂寞的壓迫，精神失了寄託，情思彷彿春天的遊絲一般飄蕩無依。每當她們臨風飲泣的時候，也許思潮中念念不忘的人，正在天的另一方歌妓舞女隊裏，酒飲賦詩呢！她們的委屈和心靈上的悲哀，在唐人詩中洒遍了淚痕，惜爲篇幅所限，只好從略。

第二節　戀愛或社交生活

勞動婦女的戀愛是自由的坦白的，社交是公開的自然的。她們的工作雖然沉重，呼吸却自由得很。在大自然界裏工作的場所，常給她們利用作為社交的機會。如船娘採桑女等於第二章內已介紹過，此處不妨再述，以便與其他階級婦女互作比較。如徐彥伯採蓮曲：

妾家越水邊　搖艇入江煙　旣見同心侶　復採同心蓮

又如白居易採蓮曲：「逢郎欲語低頭笑，碧玉搔頭落水中。」崔國輔採蓮曲：「相逢畏相失，並看採蓮舟。」口吻自然，神情如繪。又郭元振秋歌敍的一位少年守候一采蓮女，結果失望，如：

曹鄴薄命姜云　望美頻迴顧　何時復采蓮　江中密相遇
邀歡空佇立

她們根本就沒有禮敎觀念，一切都是坦白自然，所以她們的情感生活只有活潑和生氣，而沒有沉戀與壓抑的痕跡。

反過來看以上各階級的婦女，她們情感的表現就兩樣了。因為有家庭及社會地位的保持，就得遵守所屬階級男性所要求的禮法，否則就要遭檳棄，重演白居易井底引銀缾所敍的一位少女因私奔而遭夫家逐出的悲劇。因有種種禮法的束縛，她們的戀愛與社交缺乏勞動婦女的坦白與公開，重重裹在神祕隱晦不自然的空氣裏，漸漸消失了本能中的活潑天眞，蒙上一層極厚虛偽做作的面幕。不過這種現象是宋以後才更趨深刻的。這樣她們缺乏胆量，事事畏怯，是不能避免的，不敢貿然流露眞情，惟發洩於怨恨與眼淚。如

看花無語淚如傾　多少春風怨別情（戴淑倫閨怨）
澹澹春風花落時　不堪愁望更相思（裴羽仙代夫贈人）
去來年月多　苦愁改形容（孟郊古意）
詎憐愁思人　衘啼嗟薄命（魏氏贈外）

這類的詩句在唐詩中不勝枚舉，也可說是此種婦女情感生活的反映。其實也有少數大膽份子，不顧一切地打破禮教的藩籬，不高興日處愁城鬧甚麼團扇詩長門賦一大套，却為自己覓求精神的出路；可是她們演的「羅曼史」往往是偷偷摸摸不自然，而且結果自然是悲劇佔多數，那能像「既見同心侶，復採同心蓮」（徐彥伯採蓮曲）那樣公開坦白呢？于鵠題美人說：「秦女窺人不解羞，攀花趁蝶出牆頭；她們只敢藉口攀花或趁蝶向牆頭上撫撫掩掩領略一點外面的春光，較之「賣眼擲春心，折花調行客」（李白越女詞）的赤裸粗豪，相差天壤。

唐元稹楊巨源的詩中，揭有一顯明的例子——中國情場千古抱恨的大悲劇——張生與鶯鶯的戀愛。元稹有會真詩三十韻描寫當時二人熱戀的景況，因篇幅甚長，不能另錄。詩之詞句異常香豔細膩，至於戀愛的結果，楊巨源的崔娘詩記載說：

　清潤潘郎玉不如　中庭蕙草雪消初　風流才子多春意　腸斷蕭娘一紙書

楊詩前面有短序云：「鶯鶯嘗以詩寄張生，生又與巨源善，出示之，巨源歎賞為此詩。」傳說

此即元稹和他表妹戀愛的本事。恰巧元稹與楊巨源同時,又均有詩記載。楊氏所謂張生即元稹之假名,亦是很可能的。好在此處目的不在考據本事的眞僞,反正唐有這麽一囘事就得。張稹的戀愛可以說是中層以上社會男女言情的代表典型。當時有一最顯明而別於勞動階級的特徵,便是雙方不敢直接言情,總得來一個第三者,紅娘一流的人物從事撮合。一切波瀾與失敗的禍根即種於此,這是因爲他們習慣於禮法的拘束,仍脫不了「父母之命媒妁之言」——一種變形的方式和步驟。

此外還有一種悲劇,因爲門戶不當貧富懸殊,以致戀愛不能成功。無論兩情如何繾綣,也只有抱恨終身,如:

九月西風興　月冷霜華凝　思君秋夜長　一夜魂九升　二月東風興　草折花心開　思君春日遲　一夜腸九囘　妾住洛橋北　君住洛橋南　十五即相識　今年二十三　有如女蘿草生在松之側　蔓短枝苦高　縈迴上不得　人言八有願　願至天必成　願作遠方獸　步步比肩行　願作深山木　枝枝連理生（白居易長相思）

這一對可憐的戀人,家隔一橋,相戀八年,終因女家太貧或門戶過低,以致「蔓短枝苦高,縈迴上不得」,有願不能成。寧願作遠方之獸或深山之木,可以步幷肩行校枝連理。這種纏綿戀慕情,只有對着春花秋月,傷懷與歎。那時她眞要羨慕採蓮女或船娘,可以任陶醉在自然與情人的懷抱裏了,

那時禮法雖限制了上屬社會裏一般男女戀愛與婚姻的自由，唐人風俗春日踏靑却是一個開放的特殊時期，似乎無論貴賤都參加的，有如西洋的五月節，青年男女藉此利用作爲社交的機會。詩人的記載甚多，如杜甫麗人行描寫貴族婦女香車寶馬踏靑的盛況。這時男女廣有機會接近，或兩情脈脈或公開交談，都是可能的。孟浩然也有一篇大隄行描寫一般的盛況云：

大隄行樂處　車馬相馳突　歲歲春草生　踏靑二三日　王孫挾珠彈　遊女矜羅襪　攜手今莫同　江花爲誰發

此時一般的感覺，春天的花都是為他們開的，宜及時行樂，良辰美景萬不可輕放過。白居易和春深好描寫一般民間男女遊戲情形云：「碧草逗遊騎，紅塵拜拂車……」「弄水遊童棹，淌裙少女車。」眞是車馬遊龍，貴賤雜遝，幾乎近於瘋狂的狀態了。

第三節　附裝飾及時尚

唐代婦女是極端講究裝飾的，原因很簡單，當時的社會背景是如此，少女要豔裝引起飾男性的注意；已婚的婦女也得藉冶容以把握丈夫的歡心，否則「荆釵裙布」裝飾簡單的少女往往待老閨中，如曹鄰自退。

寒女面如花　寂寂花對影　况我不嫁容　甘爲瓶墜井

至於已婚的婦女，更是注重修容，戰戰兢兢，唯恐色衰愛弛，失掉丈夫的歡心，媚惑男性的心

理既然深刻，裝飾之程度也自然登峯造極。戎昱描寫女性對於裝飾的心理說：

女伴朝來說　知君欲棄捐　懶梳明鏡下　羞到畫堂前　有淚沾脂粉　無情理管絃　不知將

巧笑　更遣向誰憐（古意）

婦女既然為媚惑男性而裝飾，一旦遭了遺棄，無人欣賞她的巧笑，自然也就無庸再事裝飾。當時婦女的裝束，鈎心鬥角，爭奇立異，凡事太趨極端則流於怪，引起這位素來同情婦女的老詩人白居易破題兒來大大地痛罵一頓，如：

時世粧　時世粧　出自城中傳四方　時世流行無遠近　顋不施朱面無粉　烏膏注唇唇似泥　雙眉畫作八字低　妍蚩黑白失本態　粧成盡似含悲啼　圓鬟無鬢堆髻樣　斜紅不暈赭面狀　昔聞被髮伊川中　辛有見之知有戎　元和梳粧君記取　髻堆面赭非華風（時世粧）

這就是當時學外國的「洋糕」，赫而烏唇真有點像活見鬼了，不但不能引起美感，反倒失去月然的本態，假若白先生生在今日，看見西洋化的「摩登裝」，又不知作何感想？

大致說來，勞動的貧女除了一些粗糙的脂粉外，裝束是很簡單的，她們的經濟力只能容許她們荊釵布裙，頂多到銅質銀質飾品而已，如王建的失釵怨反映得非常顯明。至於富家女商人婦妓女以及宮庭中的貴族婦女的裝束，是五花八門樣百出，尤以天寶年間承開元極盛之後，海內富庶繁榮，上下習於奢侈綺靡，兼之國際商業發達，人好學胡裝以為時尚，當時楊貴妃就等於好萊塢的影界皇后，新樣一翻，六宮仿效。杜甫麗人行細寫貴族婦女的衣裳說：

第五章　民間一般婦女的精神生活

四七

繡羅衣裳照暮春　蹙金孔雀銀麒麟

頭飾：

頭上何所有　翠微匎葉垂鬢脣

背面怎樣？

背後何所見　珠壓腰衱穩稱身

總而言之，從上到下是一身珠光寶色，炫眼欲眩。再看徐賢妃描寫的標準宮裝：

由來稱弱立　本自號傾城　柳葉眉尖發　桃花臉上生　腕搖金釧響　步轉玉環鳴　纖腰宜

寶襪　紅衫艷織成　懸知一顧重　別覺舞腰輕（賦得北方有佳人）

按賢妃太宗時納為才人，此篇從頭至足細膩的描寫，大概可以代表當時宮中的時尚，其中最足注意的，就是人們漸漸欣賞女子的病態美，由來稱弱立，本自號傾城，」「纖腰宜寶襪」，「別覺舞腰輕」，都含有同樣的暗示。自南齊東昏侯鑿金蓮命潘妃步其上，謂之「步步生蓮花」；男性漸漸欣賞婦女行起路來乘一種弱不禁風的姿態，大概此即纏足觀念的由來。另一方面，男性愛好細腰，因為女子舞的時候，細腰特別顯得嬝弱，嬌態橫生，惹人憐愛，所謂「楚王愛細腰，宮中多餓死，」於是細腰一直成為婦女美的標準之一。奇怪這種弱態標準美，幾乎是世界性的，西洋婦女的束腰高跟鞋以及上階梯時受男性攙扶，無一不是討好男性的心理表現，不過多數人習之若素不以為怪吧了！若仔細推究其潛在的原因，不要忘記大多數男子都有好勝的心

理，喜歡對方比自己躬而低能，這樣可以向她們垂憐施恩，表示自己高超的能力和寬宏大量。

還有婦女的眉，也是歷來最有講究的，如僧法宣和趙王觀妓應敎云：

城中畫廣黛　宮裏束纖腰

又羅虬比紅詩云：

只如花下紅兒愁　不藉城中牟額眉

足見中唐晚唐間有一個時期民間是時新廣眉的，又吳融云：

眉邊牟留黃（賦得欲曉看妝面）

綠眉黃額，到底不知怎樣個模樣，但是中唐時宮中非常盛行黑烟疊眉，如徐凝宮中曲云：

一日新妝抛舊樣　六宮爭畫黑煙眉

唐代婦女無論貴賤都着裙，不過貧家只是粗素布裙，如：

平生不識綉衣裳　閒把金釵益有傷（李山甫貧女）

富貴家的着絲綬，而且兩面綉花，若劉禹錫深春好云：「兩面綉裙花」，最時尚綉芙蓉花，如李商隱無題詩云：「裙釵芙蓉小」，又「斸裏微度綉芙蓉」，同時婦女對於顏色的嗜好，多為紫、絳、朱、翠等鮮豔的色調。

唐代婦女不纏足是可斷言的，詩人對於婦女的髮、頭飾、衣著、面、眉、唇、腰都有極細膩的描述，獨對於脚則付闕如，卽提及亦是普遍的描述，如：「遊女衿羅襪」（孟浩然大堤行），

「珠履舞騰上蘭砌」（沈佺期七夕篇），「倚着雲頭踏䟃鞋」（王涯宮詞）等等，不像後來的人對於婦女的足去着意刻畫，原因是：婦人旣然都是正常自然的天足，也就不必去注意牠的大小了。

「金蓮」二字在近人看來，就是纏裹的三寸小足，可是在唐詩中並不常見「金蓮」字樣，只有中唐以後李商隱詩數次提起，然而作者明明指出是詠的南唐的故事，並非有意詠婦女的足，度其旨大概當時國運已成衰象，不敢明言，只藉此發揮興亡之感，以資警惕之意，如：

誰言瓊樹朝朝見　不及金蓮步步來（詠南朝）

但是正面對於天足描寫的詩還很多，如李白越女詞：

屐上足如霜　不著鴉頭襪（越女詞第一首）

一雙金齒屐　兩足白如霜（越女詞第二首）

假若當時有纏足之風，吳越女子無有不趨之若鶩的。

只有吳融的一首詩，有兩句着實可疑，詩大概是寫的妓女，如：

舞轉輕輕雪　歌霏漠漠塵　漫遊多卜夜　慵懶不知晨　玉筯和妝竪　金蓮逐步新……

「金蓮」發現在唐詩中描寫婦女實際的日常生活，恐怕還是異常新鮮，按吳融昭宗時人，已近晚唐末葉了。前面已提過，唐人對於女子弱態美的嗜好，只有更進一步的趨向，也許此時女子小足爲美的風氣已開，不過不一定是如後來必得纏到三寸，大概總是注意到人爲的約束，不盡是天然的吧了！

第六章 妓女生活

第一節 妓女的產生及其教育與技藝

唐代是中國妓女繁盛期的開始，她們的紀錄提高，影響到當時社會和家庭的生活，實非淺鮮。妓女產生的原因，直接間接的很多。現在只提出三個與當時特殊背影有密切關係的於下：

第一、因唐人好武的精神。男子多以從軍為成功事業的捷徑。或出征，或戍邊，或因叛亂被徵當兵，壯丁既多從軍，結果女多於男，造成了許多怨女。上層社會的婦女，可以作詩，流流淚來發洩心中的情感。一般平民婦女在那種貞節觀念比較薄弱的社會裏，是很容易流為官妓或者是私倡的，唐人詩中常發見貧女羨慕青樓娼妓的論調，足見當時妓女的地位，在一般人的心目中，並不如今日的低賤。

第二、因天寶之亂，掀動了每個角落裏生活的安定。農民婦女因喪亂流離無以為生，轉為倡妓的很多。加之商業發達的社會，人民習於奢靡，物質的慾望，享受和虛榮心的驅使，是提高妓女指數最大原因之一。農村中有姿容的少女，常有自動為妓，或被貴族官僚以重價買去充當家妓的。

第三、因供求方面的迫切，這是最後又最主要的原因。唐人好以風流相尚，詩人墨客日與妓女飲酒酬唱，命爲高雅，於是妓女成了社交場中必需的點綴。還不但在中國，在古希臘亦有極端類似的現象。英人喬治在他著的女人的故事一書提到希臘當時的倡妓。大意謂希臘的良家婦女，聽不到討論，受不到敎育，日常只學紡織和烹飪，十五左右的年齡嫁給人作主婦，操持家務。實際上婦女眞正的勢力都移到倡妓方面去了。因爲男子本能地要與聰明的婦女交際，只有倡妓本來沒有社會地位可失，行動自由，可以任意接近異性，這樣她們倒反可以從哲學家和聖人那裏獲到多量的敎育，夠得上與男子作精神上的交換。（註一）喬氏這一段拿來解釋唐代妓女的情形和地位，再恰當也沒有了。當時的妓女的確是善談吐能寫作，文化階級的領袖自公卿以降，無不樂與交往。所以其時妓女多集於文化中心或經濟中心如長安洛陽及揚州等處。因此卽斷定商業資本發達及文化人提倡風雅窩造成唐代妓女繁盛的兩種主動力，亦未爲不可。

妓女在理論上是被擯於禮敎之外，社會上與家庭中均沒有她們的地位的。雖然日常接近的多是風雅上流人物，可是在他們的觀念中，並沒有尊敬她們的意識，看她們只是供消遣娛樂的工具而已。所以比較高超的妓女，在物質生活上是相當舒適，但在精神上卻有她們的痛苦和悲哀，如徐月英自敘說：

爲失三從泣淚頻　此身何用處人倫。雖然日逐人生寄　長歎荊釵與布裙（敍懷）

妓女除了必須知書識字能應付一般官僚文士外，還有歌舞也是重要必修的技藝。書本上的

教育并不着重博通經史,大都限於文學的修養和欣賞。至低限度能領會詩詞歌曲,字而上的意義,能會酒餘的文字遊藝如猜謎射覆聯句及說酒令等。然而妓女中往往有許多聰穎又富有文學天才者,一楼的能寫詩作曲,為一般詩人文士所傾倒,如薛濤便是很顯明的例子。不過最主要的功課還是歌唱和舞蹈。妓女無論智愚都能精通嫻熟,歌曲的材料多係當時名詩人最優美的作品,譜入曲中令妓女習唱。白居易聞歌妓唱嚴郎中詩一詩中有兩句說:「已留舊政布中和,又付新詞與豔歌。」又醉戲諸妓一詩中:「席上爭飛使君酒,歌中多唱舍人詩。」歌詩打成一片,無怪詩人每好引妓女為文學上的知己了。

舞蹈與歌唱有着同等的重要性,樂府雜錄載當時舞蹈的種類繁多,分健舞軟舞二大類。健舞比較硬性,包括有:稜大阿連柘枝劍器胡旋胡騰等。軟舞帶柔性,包括有:涼州綠腰蘇合香屈柘圓圓旋甘州等,歌舞配合,有專門教師傳授伴曲而舞。詩人提及舞蹈的如:杜甫有觀公孫大娘弟子舞劍器行,白居易有柘枝妓,外長恨歌內提及的霓裳羽衣舞是當時禁中最時新的舞蹈。

第二節 官妓

歌舞以外,她們還得會各種樂器,最普通的有笛、簫、琵琶、銀筝等,唐人詩中是常提及的。所以若用近代名詞來說她們是音樂專門演奏家又何嘗不可!

妓女中佔最大多數的是官妓，孫棨北里誌說到當時官妓的情形甚詳。大意謂長安官妓居平康里，分為三曲，中以南曲、中曲為優等，生活居住都很舒適，凡舉子新及第進士三司幕府求通朝籍或值館者，均可就詣。照上面情形看來，平康里就等於文士官僚的居留處或俱樂部。

她們日常最主要的事務是侍宴。因為她們在交際場中的地位，不是對象而是工具，所以在客人酣興烈的時候，她們得把平日學習最精的技藝——歌舞，盡量演上助興，目的在便賓客盡歡而散。顧況有兩首詩描寫妓女侍宴情形，非常真切：

玉作轆頭金步搖　　高張苦調響連宵　　欲知寫盡相思夢　　度水尋雲不用橋

汗遍新裡疊不成　　絲催急管舞衣輕　　落花邊樹疑無影　　罥雲從風嬌有情（王郎中妓席）

第一首寫的歌，第二首寫的舞，所謂「高張苦調響連宵」與「汗遍新裡疊不成」二句，寫盡她們賣勁竭力討好僱客波倦的苦況。

妓女既然有文學的訓練和能力，那末文人的風流雅集自然需她們來點綴。其中少數傑出的，一樣地加入唱和。大多數的只能當那般文人暢懷高飲詩興奔放的時候，作些酌酒捧硯的零碎差使，或者甚而清歌一曲，以鼓餘興。白居易有一篇紀述文會盛況的詩，因為篇幅的關係，只就其序略引數句，以見其概：

開成二年三月……袂於洛濱……自晨及暮，簪組交映，歌笑間發。前水嬉而後妓樂，左筆

硯而右壺觴，望之若仙，觀者如堵……美景良辰，賞心樂事，盡得於今日矣！唐人好遊玩山水，尤其是詩人。當然拜訪名山勝景，若沒有異性參加，是不能極盡此中樂趣的，那末只有妓女是唯一可能的異性山水伴侶了。白居易有一次攜帶一小妓女遊山，作了一首詩送她說：

本是綺羅人　今為山水伴　春泉共揮弄　好樹相攀玩　笑客花底迷　酒思風前亂（遊示小妓）

堂堂的白學士，這時也天真畢露，與小女孩一同弄泉攀樹，戲迷花底，當時的樂趣簡直使得他澈底忘形了。

還有迎送朋友的宴會中，妓女也是必臨奏技點綴餘興的，如「座從歌妓密，樂任主人為，」（杜甫宴戎州楊使君）「妓筵今夜別姑蘇，客棹明朝向鏡湖」（白居易代諸妓贈送周判官）等詩句中，可以觀其大概。

妓女的造成，實際上是因為封建社會舊禮教作的孽。把婦女當作財產或工具，使她們的生活趨向這樣畸形的發展。良家婦女的活動限於家庭，生育家務是唯一的職責，她們只度了一半的生活，佔有一半的人生經驗；人少不了家庭生活，同時社會生活亦有着同等的需要。男子有特權利用妓女來彌補這種缺憾，因此在家庭之外，又另有一羣婦女的存在為對付這種需要。她們有一切社會行動的自由，可是不能享受宗法制度下家庭裏的權利。唐人特好社交生活，妓女

的地位在原則上本來是神聖的，只有經濟的魔腕，才把她們打入十八層地獄裏。她們當時採用的不是人與人平等交往的方式，而是以金錢爲交換買賣的方式。這樣只有經濟的因素才把她們從人的地位，降落到被人玩弄的工具。因此在他們的交情與接觸中，沒有嚴肅，缺乏眞摯，自然還並不是妓女本身的錯誤，而是社會經濟制度的罪過，因爲婦女的經濟一向是不能獨立的。妓女既憑買賣的方式，靠獲取被男性使用的代價爲收入，她們的生活費由男性擔負毫無疑義。杜甫卽事有兩句說：「笑時花在眼，舞能錦纏頭。」仇鰲引通鑑注云：「舊俗賞歌舞人以錦纏頭，謂之錦纏頭。」此後便使用妓女的代價稱纏頭費。

既然兩性間交往採用買賣形式，換言之，卽男性憑金錢使換，女性看金錢效勞，這中間自然缺乏男性對女性的尊敬心以及相互間的眞正情感。所以在一般人的腦海中，妓女是朝秦暮楚沒有靈魂的動物。這是事實造成的必然後果。何能避免呢？然而出乎意料之外，中國妓女紀錄史上倒出了不少超乎金錢之上，可歌可泣動人的戀史來。杜牧詩中有這樣一篇本專說：「歐陽詹遊太原，悅一妓，將別約至都相迎，妓思之不已，疾且甚，乃刃其鬢藏之，夕謂娣曰：「歐陽生至可以爲信」，幷附有一詩：

自從別後減容光　　牛是思郞牛恨郞　　欲識舊來雲髻樣　　爲奴開取縷金箱
　　　　　　　　　　　　　　　　　再來看　　信及賢吻，也一慟而卒。其他類似的故事，寫完絕筆而逝。以後歐陽詹幷沒有爽約，散布於記載的很多，不能備錄。

官妓的生存，可以說完全憑着色藝，一旦色衰藝退，下半世的出路，是她們最大的憂慮。在唐人詩中可以看出以下幾條出路來：

一、上等最紅的官妓，謝絕人事，享受一點獨立自在的清福，所入豐裕，因此很有積蓄。晚年便可選擇一安靜處歸老，平日交遊盡是達官貴人，所入豐裕，因此很有積蓄。晚年便可選擇一安靜處歸老，謝絕人事，享受一點獨立自在的清福，所入豐裕，因此很有積蓄。晚年便可選擇坊，僅與名士們作文字上的通訊，而不出來應酬客人。如蜀中名妓薛濤晚歲卜居萬里橋邊碧雞坊，萬里橋邊女校書　枇杷花裏閉門居　掃眉才子知多少　管領春風總不如

何扶也有一篇送閬州故人歸老的詩說：

竹翠嬋娟草幽徑　佳人歸老傍汀洲　玉蟾露冷梁塵暗　金鳳花開雲鬢秋　十畝稻香新綠野　一聲歌斷舊青樓　芭蕉半捲西池雨　日暮門前健白鷗

一生受盡風塵中的折磨，老來能退息於這樣清幽的境界裏，可以說是最幸運的下場了。其次設使平日毫無積蓄，又色藝衰退，無法幹下去，那末入道觀作女冠亦頗不壞。楊巨源有一首觀妓人入道的詩說：

荀令歌鐘北里亭　翠娥紅粉敛雲屏　舞衣施盡餘香在　今日花前學誦經

三、最下的出路便是趁色藝猶盛的時候轉爲家妓，給達官貴人作姬妾，這樣下半世生活可以獲到保障。對於她們在下面家妓一節內當再詳述。更次一等的便是嫁給平民或商人作婆。膾炙人口的琵琶行，便是白居易描寫的一個官妓，嫁爲商人婦，老境頗是悽涼。

除了上面的出路以外，最慘莫過於淪落不爲人知，失去依歸，變爲酒家女一類的私娼。杜牧有一篇長詩張好好，在他的序中寫的這塲一個悲劇：「太和三年吏部沈公鎭宣城，好好年十三，以善歌來樂籍中，數年後復見於洛陽」這時已變爲酒家女了。杜牧感歎說：

爾來未幾歲　散盡高陽徒　洛城重相見　婷婷爲當鑪……（張好好）

所謂時運一過，門前冷落，不得不作酒家女以謀生活了！這樣的結局，可說是最悲慘的。

第三節　家妓

家妓的物質生活，似乎較官妓略有保障，然而她們的地位，則每况愈下，降落到十八層地獄裏去了。官妓雖然是求憐於人，供人使喚，然而還有行動與意志的自由；覓食的方法雖不高明，仍不失爲一自由的小鳥。家妓簡直是過的牢籠生活，私人的財產與玩具，卽使能錦衣玉食，不畏風雨的侵凌，可是高飛與自由完全喪失了。詩人白居易把她們比作私人豢養的鸚鵡，一種可憐的狀况，令人憤慨不置。如：

隴西鸚鵡到江東　養得經年嘴漸紅　常恐思歸先剪翅　每日餧食暫開籠　人憐巧語情雖重　鳥憶高飛意不同　應似朱門歌舞妓　深藏牢閉後庭中（鸚鵡）

當時貴族與達官爲方便起見，都盛行在家中豢養歌妓舞女，別名姬妾，目的不在生育持家，而專供娛樂使喚，數量數十或甚而數百不等。白居易和春深云：「何處春深好，春深富貴

家，馬爲中路鳥，妓作後庭花。」他們家中均聘有專門教師傳授歌舞，技藝成後，凡逢喜慶宴會，便整個兒搬出來在賓客前奏演助興，期在引得賓主盡歡而散。有時還如佔有一幅古畫或一件古董似的，含有互相炫耀的意義。

主人豢養一個歌女或舞女，除了供給裝璜以外，一筆教師費亦良非易易，有時辛辛苦苦教成了，常自己來不及享受，或因自己家道中落，不能供養而出讓他人；或爲豪強賞識，使武力奪去。於是白居易用譏諷的口吻感歎說：

莫養瘦馬駒　莫教小妓女　後事在目前　不信君看取　馬肥快行走　妓長能歌舞　三年五歲間　已聞換一主　借問新舊主　誰辛誰苦……（有感）

可憐她們像具似的，任人輾轉授受，還有更可笑又可氣的，便是以愛妾與馬對換的奇事，如：

一面天桃千里蹄　嬌姿駿骨價應齊　乍牽玉勒辭金棧　催整花鈿出繡闈　去日豈無沾袂泣　歸時還有頓銜嘶　嬋娟踠跜春風裏　揮手揚鞭楊柳堤（張祜愛妾換馬）

處處以人與馬對寫，最妙的就是「嬌姿駿骨價應齊」，人臨別時的涕泣與馬回頭時的嘶聲，在主人的心坎上，竟毫無分別。

她們在家中的地位，等於一盆花一條犬，主人高興的時候，可以一諾千金的隨意送人。與白居易同時的名詩人劉禹錫，一天到李司空家飲酒，侍席的家妓色藝皆佳。這位詩人酒酣的時

侯未免興懷，因就席作了一首詩，中有兩句說：「司空見慣渾閒事，斷盡蘇州刺史腸，」那位司空原來很崇拜他的詩名，這時更要買弄他的寬宏大量，馬上便慷慨贈與他了。她們既然受的這樣非人的待遇，剩下的人性自然也就很少了。然而人究竟是人，非人的待遇並不能整個兒剝奪她們的眞情。武后時有一位詩人喬知之，家中有一善歌舞的妓女名窈娘，被武承嗣奪去。喬知之痛惜之餘，偸偸寄一篇詩曰綠珠篇給窈娘，中有兩句云：「辭君去君終不忍」，「百年離別在高樓」。窈娘得詩結於衣中，投井而死。

唐人詩還提到一件動人的罷事，張尙書的妾關盼盼當尙書生前的厚遇，竟守起節來，十餘年不出樓門，得白居易詩後，獨居燕子樓，爲感激尙書一被社會虐待侮辱的妓女，尙知道爲知己者而死，不能不令人感動流淚。以一金買去，聘專門教師授與歌舞，也有原來出身靑樓，自幼受過妓女教育，長大嫁與豪門作妾，亦很普遍。唐人詩中記載的很多，下面略錄一二，以見大槪：

泰娘家本閶門西　　門前綠水繞令堤　　有時妝成好天氣　　走上畢橋折花戲　　風流太守韋尙書
路勞忽見停旌旗　　斗量明珠鳥傳意　　紺幰迎入與城居……（劉禹錫泰娘歌）

一良好的民家女子,被貴人看上了,以大量明珠珍寶買去作家妓,知識淺薄的小家碧玉,驟然置身繁華,未有不引以為幸運猶如一步登天似的。且看崔顥描述魏王府中一盧姬說:

盧姬少小魏王家　綠鬢紅脣姹李花　魏王綺樓十二重　水晶簾箔繡芙蓉　白玉欄杆金作柱
樓上朝朝學歌舞　前堂後堂羅袖人　南窗北窗花發春　繐幌珠籠門絲管　一彈一奏雲欲斷
君王日晚下朝䠒　鳴環佩玉生光輝　人生今日得嬌貴　誰道盧姬身細微（盧姬篇）

寒女迷戀物質享受,不但不感到身世的悲哀,反而自鳴得意。

第四節　宮妓

宮妓,換言之,就是宮中專門訓練的歌女舞女。明皇時「開元二年正月置教坊於蓬萊宮,分左右教坊,右教坊在光宅坊,左教坊在延政坊,右多善歌,左多工舞。明皇自教法曲,謂之梨園弟子,」又「妓女入宜春苑,謂之內人亦曰前頭人,以常在上前也。」（註二）這是教坊記上的記載,由此可以見到宮妓的大概。又明皇雜錄也記着說,「上曉音律,安祿山獻白玉簫管數百事,陳於梨園,自是音樂不類人間。諸公主虢國以下,競為貴妃弟子……」她們的日常生活與待遇大概如妓女同。王建有一首宮詞,寫一新選入的宮妓,非常生動自然;

十三學得琵琶䈏　弟子名中被點留　昨日教坊新選入　并房宮女與梳頭

可見教坊中成績最好的,便選入宮中為宮妓。又青樓中色藝最佳的官妓,亦得選入教坊受更高

的特別訓練，以備選入宮中，如：

青樓小婦砑裙長　總被抄名入教坊　奉設嗖前分別請衣裳（王建宮詞）

明皇本人是一了不得的音律家，藝術欣賞力很高。常自創新調，伴以新舞。並且雜以很濃厚的胡人的色彩。白居易胡旋女，張祐邠娘羯鼓耍娘歌悖拏兒舞容兒鈸頭，都是當時有名的新式歌舞名稱。外有走繩的玩意兒，劉言史寫了一篇觀繩妓，描述極其真切，末了有兩句說：「一座中還有沾巾者，曾見明皇初教時。」足證當時宮妓學的技藝，部門很多，張籍寫着當時梨園弟子演習時的情形說：

黃金桿撥紫檀槽　絃索初張調更高　盡埋昨來新上曲　內官簾外送櫻桃（宮詞）

明皇幸蜀後，梨園解散了。一般宮妓多流落民間，賣藝爲活。白居易看見她們不禁發生今昔之感，他寫着說：

白頭垂淚話梨園　五十年前雨露恩　莫問華清今日事　滿山紅葉鎖宮門（梨園弟子）

明皇之外，其他時宮中歌舞之妓，大都隸屬後宮，或即宮女之一部份，並無類似梨園的特別組織或另設部門。是以唐人詩中，對於她们的記載並不多見。

第五節　私倡

這裏所謂私倡，與現代私倡有着不同的意義。分別不在乎曾向警局登記或給政府納營業稅

與否;為着要有別於官妓,遂給牠一個私倡的名義,當時的官妓是一種公開的營業,社會所公認的。為着要有別於官妓,遂給牠一個私倡的名義,當時的官妓是一種公開的營業,社會所公認的。有一定的組織與居處,有一定特殊的訓練與技藝,在當時的社會背景之下,是必需存在的個寄生團體。私倡在唐人時中,相反的只能依稀地見到一些痕跡。大概她們表面上多開的一家酒店,骨子裏纔有營妓的性質,僅客多係一般商賈以及普通平民,否則豔名一出,必立刻為上流社會所賞識,堪高身分加入官妓的集團;或為千金買去作豪門的家妓了。至高的限度只要能滿足下階級需要的社交場所或平民俱樂部。她們無須精通的技藝,寫的一位有名的歌女,被某顯官納為姬妾,後不幸因某種關係流落在洛陽,無人知其色藝,淪為酒家女,詩意非常歎息她的不幸遭遇,很可從側面證明以上的理論。

至於酒家女的生活,在第三章裏已提過,此處不妨再提一下。楊巨源描寫胡女作酒家婦的說:

妍豔照江頭　春風好客留　當爐知姜慣　送酒為郎羞……(胡姬詞)

又大堤行說:

二八嬋娟大堤女　開爐相對依江渚　待客登樓向水看　遨郎卷幔臨花語……珍簟華燈夕陽後
當爐理瑟愁纖手　月落星微五鼓聲　春風搖蕩衙前柳

這一段明明描述營妓的行為,可是後來作者又接着說:

原來這邊還是一位孀婦，足見她們與官妓的性質完全兩樣。在當時一般平民對於性的見解還十分自由，恐怕情感的因素比營業的因素成份要來得大得多。這樣說來，範圍擴大了，桑下女船娘一流的行為，未嘗不可以加上私倡的頭銜。在第三四章內已討論過，當時平民階級的社交是公開的，自由而且坦白的，丈夫出征了，或本人被遺棄了，或如酒家女一類以自己為中心，形成一小規模類似的社交場所，為謀情感的發洩，另交幾位情人；如李白的陌上贈美人云：

　駿馬騎行踏落花　　垂鞭直拂五雲車　　美人一笑褰珠箔　遙指紅樓是妾家

此種舉動若比之官妓，又太嬌羞閨閣氣了；若比之純粹良家婦女又太自由放肆了。大概也就是廣義的私倡吧！曹鄴古詞寫的一位女子對她的情郎說：

　高閣礙飛鳥，人言是君家　　經年不歸去　　愛妾面如花　　妾面雖有花　妾心非女蘿　郎妻自有如此公開坦白　　住在情人家裏而且經年都不歸去的道理。若說是倡妓的行為，她的言語中「郎妻自不重，於妾欲如何？」明明是情人的語調。所以唐代的妾面雖有花，妾心非女蘿，」「郎妻自不重，於妾欲如何

　不重　　於妾欲如何

這完全是情人的口吻。一位富家公子，戀着一位民家美麗的少女。假使以今日的情形衡度，豈有如此公開坦白私倡。最格說來，只有妓女的行為，沒有妓女的性質。良家婦女在性生活上有如妓女般的自由

在現代一般人的觀念中,還找不出一適當的名詞,暫且納之為私倡吧。

註一 胡學勳譯(W. L. George原著):女人的故事 第五八頁至六三頁

註二 崔令欽:教坊記

第七章 宮庭婦女及貴族婦女生活

另外有一個婦女集團，完全與人世隔開的，那就是宮庭婦女。實際上她們是受着長期徒刑的判決，畢生被幽禁在一定窄小的範圍內，失去了行動與意志的自由。而且一生的命運，只繫於一人的喜怒與愛惡。「君門一入無由出，惟有宮鶯得見人，」（顧況宮詞）那就是她們的判決書。

第一節　皇后與寵妃

在那個集團中，階級非常森嚴，然而升降則無一定，惟依憑君主一人的意志。表面上最高的地位是皇后，掌理六宮。其實她並不比別人更有自由或更有保障，她一樣地要憑色寵來把握自己的命運，博得一人的歡心。她在位的時候，形式上似乎是君主的敵體，但是如果在後宮裏還有一個比她更得寵的女人，她的遭遇是很痛苦的，甚至有被廢的危險。李白的古風蟾蜍行，就是詠的楊貴妃得寵，王皇后被廢的事實。裏面有兩句最深刻：「蕭蕭長門宮，昔是今已非？」又白居易陵園妾：「山宮一閉無開日，未死此身不會出。」這便是廢后的寫照，可憐長門宮便是宮中監獄，一入不復出，連巴掌大的範圍內的行動自由都喪失了。

楊貴妃奪寵是千古的佳話，也是千古的慘劇。白居易寫了一篇長恨歌，用風流香豔的筆調，寫她的承恩特寵；纏綿悱惻的詞句，寫她的恨與死。在她全盛的時候呢，所謂：「後宮佳麗三千人，三千寵愛在一身」，「姊妹兄弟皆列士，可憐光彩生門戶。」一旦失意了，亦懂落得：「宛轉蛾眉馬前死，花鈿委地無人收」的下場，一位絕代佳人就這樣地長此抱恨終天。每逢得寵的女子，勢傾一切，仗着皇帝的寵愛，假若月亮有法兒拿的話，也要設法去取的，杜甫解問十二首裏邊有提到貴妃生時喜食鮮荔枝，京中不出，於是每歲命四川進荔枝入宮。方輿紀勝亦有同樣的記載：「培塿荔枝，以馬遞馳，七日七夜趕至京中，人馬艷於途者甚衆。」（註一）所以杜甫不平地寫着說：

側生野岸及江浦　不熟丹宮滿玉盤　雲壑布衣鮐背死　勞人害馬翠眉須（解問）

唐人詩中又提到明皇的寵妃梅妃，因太眞見幸失寵了，由那赫赫然的昭陽宮，還居上陽東宮，朝朝暮暮以淚洗面。不知有一天明皇忽然怎麼憶起舊情來了，差人賜她一斛珍珠，這樣更引起她的悲傷，不受，奉還珍珠，並付詩一首云：

桂葉雙眉久不描　殘粧和淚濕紅綃　長門盡日無梳洗　何必珍珠慰寂寥（江妃謝賜珍珠）

所以實際上宮中最有地位的女子，還是皇帝目下最寵愛的人。不過到了寵衰愛竭的時候，她的地位便忽然一落千丈。所謂：「昔日芙蓉花，今成斷根草。」因此李白下了一個結論說：「以色事他人，能得幾時好？」（妾薄命）

這是一首血淚拼成的詩，讀之令人酸鼻。所謂舊愛新恩，也不過是這麼一囘事。總而言之，人人鈎心鬥角，誰能維持寵愛最久，誰就最後勝利了。

第二節 公主

後宮所生的女孩，統叫作公主。她們作處女的時候，活動也只限於禁中，關於她們的生活，唐人詩中很少有特殊記載。等到待嫁的時候，她們的父親——天子，便在羣臣中或貴戚中物色相當的人物倘之，公主嫁曰下嫁。當得寵的公主下嫁，儀容是盛極一時的。全唐詩話載武后愛女太平公主下嫁癈況云：「假萬年縣為婚館，門隘不能容翟車，有司乃毀垣而入，自興安門設燎相屬，道樾為枯。」（註二）朝中詩人都有詩誌盛，如劉禕之云：「夢梓光青陸，穠桃蔼紫宮；」郭正一云：「帝子升青陸，王姬降紫宸。」還有靈安公主下嫁時，宋若憲寫了一首催妝詩，流當時情形更詳細，現錄在下面：

靈安公主貴　出嫁五侯家　天母親調粉　日兄憐賜花　催鋪百子帳　待幰七香車　借問妝成未　東方欲曉霞

公主嫁後，各有府第，帝后每常臨幸，唐人有很多應制詩記敍甚詳。如：王適夜宴安樂公主新宅。李嶠侍宴長寧公主東莊應制皆可為證。她們的妝奩除金銀器物外，還加封有采地食邑，大概都有規定的制度可循的。

有時為國策的關係，將公主下嫁異國之君，締結政治婚姻。這在西洋更是普遍。杜甫有詠寧國公主下嫁回紇，金城公主下嫁吐蕃的詩。她們平日在宮中物質享受已達極點，一旦到了文化低落的國家，只見茫茫一片，萬里胡沙，日飲馬乳，夜宿氈幕，塞外的苦況，直夠她們忍受了。常建塞下曲述她們的怨懷說：

因嫁單于怨在邊　　蛾眉萬古葬胡天　　漢家北去三千里　　青塚常無草木煙

唐代尊道教為國教，因為政府的提倡，一般人的信仰及思想中，勢力很大。不但民間男女入道的很多，公主作女冠的，二百十八人中便有十九八，幾占總數十分之一，紀錄不可謂不高。她們各築觀於城外，修道求仙。新唐書載玉真公主「進號上清玄都大洞三景師，天寶二年請去公主號：食邑歸之王府。」她相信如此可以延壽寧年，足見信仰之篤誠。大概公主作了女冠，伏侍她們的宮女，也得一同飯依神仙。盧綸贈玉真公主影殿云：

夕照臨窗起暗塵　　青松繞殿不知春　　君看白髮誦經者　　半是宮中歌舞人

普遍說來，當時宮庭婦女可以說是相率成風，看破紅塵，敝屣富貴，甘心冷清清地在經聲煙霧中，銷磨一生。其中意義確是耐人尋味。固然，唐人好理想，不滿於現實，希望企得一種更滿意的神仙生活，確實事實上不容否認。有一部份人的動機純是宗教的。但是到下章討論女冠的時候，便可明白地知道，大多數的還是受一種潛意識的驅使。因為受不了那種單闈疲倦的囚禁生活，想在人間另闢蓬萊仙境，將來成仙的願望，達到與否雖不可必，然而至少眼前可以

得到精神的解放和自由了。

第三節 宮中一般婦女的日常生活

在宮中上下幾千人或上萬人的一個團體，除了皇帝及若干中性人——太監以外，其餘概是婦女，在此女兒國中，只有皇帝是唯一可能接觸到的男性，她們完全與異性隔離，也與外界斷絕來往。那一個集團的生活，自然是反常的，不合理的，平心而論，換了一個女皇帝，後宮禁錮戍千的男子在內，那種情形真不堪設想了。所以歷來宮中的生活，在外人的想像中是神祕的，而且也是怪有趣的。

唐人詩的另一特徵，便是盈千累萬的宮詞。雖然在內容上與形式上，多犯了千篇一律的毛病，可是全詠的宮中婦女的生活，這樣便保有了此一集團生活中一部份的記載，如王建宮詞百首，描寫宮中日常瑣碎生活，非常細膩綺麗，而且多係史傳中不容易見到的軼事，可以說是研究唐代宮庭婦女的寶貴材料。惜限於篇幅，只能略錄數首以見大概：

這是敍的專管皇帝衣服的宮女，又：

每夜照燈熨御衣　銀薰籠底火霏霏　遙聽帳底君王覺　上值聲鐘始得歸

這是敍的因病放歸，又想鑽營貴妃的門路，重入內當差，又：

因喫櫻桃病放歸　三年著破舊羅衣　內中人識從來去　結得金花上貴妃

往來舊院不堪修　近勅宣徽別起樓　聞有美人新進入　六宮來見一時愁

這是敍的新進了一位美人，後宮人人自危的心理，又：

悶來無處可思量　旋上金階旋下床　收得山丹紅蕊粉　窗中洗卻麝香黃

春來睡困不梳頭　懶漉君王苑北遊　暫向玉花階上坐　簸錢贏得兩三籌

御廚不食索時新　每見花開即苦春　白日臥多嬌似病　隔簾教喚女醫人

上面三首敍的她們的單調無聊閒得荒的神情如畫。

可是人的天性是靜極思動，決不肯輕易放過的。譬如同伴中有人晉級加封了：

新誕生皇子或公主了：

淋前謝賜紫羅襠　不下金階上輭輿　宮局總來爲喜樂　院中新拜內尚書（王建宮詞）

日高殿裏有香煙　萬歲聲長動九天　妃子院中初降誕　內人爭乞洗兒錢（同上）

寒食節時：

殿前鋪設兩邊樓　寒食宮人步打毬　一半走來爭跪拜　上棚先謝得頭籌（同上）

逢七夕了：

……此夜星繁河正白　人傳織女牽牛客　宮中擾擾曝衣樓　天上娥娥紅粉席　曝衣何許

牛黃　宮中綵女提牛箱　珠履奔騰上鷳砌　金閨宛轉出桂梁……瓏璁筵中別作春　珊瑚窗裏

分外與奮起勁，每逢有特殊的喜慶宴會，打破深宮死寂單調的時候，一般宮人

假若宫中，偶然出現甚麼異性或異樣的人了，又是一場興奮談話的資料，如：

宮人拍手笑相呼　不識庭前掃地夫　乞與金錢爭借問　外頭還似此地無（王建宮詞）

皇帝就等於大旱中的雲霓，幾千人誰都渴望「聖眷」一顧：

春來新擺翠雲釵　倚着叢頭踏綉鞋　欲得君王回一顧　爭扶玉輦下金階（同上）

最大的願望是得到皇帝的寵幸：

各將金鎖鎖宮門　院院青娥待至尊　頭白監門掌來去　問誰頻是最承恩（王涯宮詞）

夜夜得守候傳喚，不能早睡，作些女紅消遣：

夜久盤中蠟淚稀　金刀剪起盡霜霏　傳聲總是君王喚　紅燭臺前著舞衣（王涯宮詞）

上面猶不過是些片斷的記載，惟有王翰的右娥眉怨，用寫實的手腕，把宮中一般的生活情形，給了一幅非常真切的靈圖。雖然篇幅相當長，仍不忍割愛，把牠全部錄在下面：

君不見宜春苑中九華殿　飛閣連連直如髮　白日全含朱鳥窗　流雲半入蒼龍闕　宮中綵女夜無事　學鳳吹簫弄清泚　珠簾北卷待涼風　綉戶南開問明月　忽聞天子憶蛾眉　寶鳳銜花擢兩端　傳聲走馬開金座　夾路驫環上玉墀　長樂別庭宴華寢　三千美人曳花錦　燈前含笑更羅衣　帳裏承恩薦瑤枕　不意君心半路迴　求仙別作望仙臺　琳瑯禁閫遙相憶　紫翠幽房畫不開　欲向人間種桃實　先從海底覓蓬萊　蓬萊可求不可上　孤衾縹緲知如何

翻成畫……（沈佺期七夕曝衣篇）

黃金作盤釦作螢　青天白露掌中螢　王母嫣然感君意　雲車羽旆欲相迎　飛龍觀前空怨慕

少君何事羣相談　一朝埋沒茂陵田　賤妾娥眉不重顧　宮中晚出向南山　仙衞遙遙去不

還　朝晞泣對麒麟樹　樹下蒼苔日漸斑　人生百年夜將半　對酒長歌莫長嘆　情知白日不

可私　一死一生何足算

這位女子的身世，可算是多半宮中婦女的寫眞，代表大多數人的遭遇、

其餘王建宮詞百首內　凡與婦女有關的　均摘錄於下，以見唐禁中婦女生活的一斑．

燈前飛入玉階蟲　未臥常聞半夜鐘　看着中元齊日到　自盤金綫繡芙蓉

一時起立吹簫管　得寵人來滿殿迎　整頓衣裳皆著節　舞頭當拍第三聲

琵琶先抹六麼頭　小管丁寧側調愁　半夜美人雙起唱　一聲聲出鳳凰樓

欲迎天子看花去　下得金階却悔行　恐見失恩人舊院　回來憶著五絃箏

自誇歌舞勝諸八　恨未承恩出內頻　連夜宮中脩別院　地衣簾額一時新

日冷天晴迎臘時　玉階金瓦雪漸漸　浴堂門外抄名入　公主家人謝面脂

未承恩澤一家愁　乍到宮中憶外頭　新學管絃聲尚澀　側商調裏唱伊州

避暑昭陽不擲盧　井邊含水噴鴉雛　內中數日無呼喚　揚得滕王峽蝶圖

玉蟬金雀三層插　翠髻高叢綠鬢虛　舞處春風吹落地　歸來別賜一頭梳

樹葉初成鳥護巢　石榴花裏笑聲多　衆中遺却金釵子　拾得從他要賞羅

小殿初成粉未乾　貴妃姊妹自來看　為逢好日先移入　續向街西索牡丹

內人相續殿花開　准擬君王便看來　縫箔五絃琴繡袋　宜春院裏按歌回

合暗報來門鎖了　夜深應別喚笙歌　房房下著珠簾睡　月過金階白露多

叢叢洗手遶金盆　旋拭紅巾入殿門　衆裏遙拋金橘子　在前收得便承恩

御池水色春來好　處處分流白玉渠　密奏君王知是水　喚人相伴洗裙□

移來女樂部頭邊　新賜花檀大五絃　總得紅羅手帕子　心中更盡一雙蟬

舞送香毬出內家　記巡得把一枝花　散時各自燒紅燭　相逐行歸不上車

家常愛著舊衣裳　空插紅梳不作妝　急地下階裙帶解　非時應得見君王

私縫黃帔佯斂梳　欲得金仙觀內居　近被君王知識字　收來案上檢文書

黃金盆裏盛紅雪　重結香羅四出花　一傍邊書粉字　分明送與大臣家

小隨阿姊學吹笙　好見君王云賜名　夜拂玉牀朝把鏡　黃金階下不教行

鸚鵡誰教轉吾關　內人手裏養來姣　語多更覺承恩澤　別對君王憶隴山

分明閒坐賭櫻桃　收却投壺玉腕勞　各把沉香雙陸子　局中門㗲阿誰高

舞來汗濕羅衣徹　樓上人扶下玉梯　歸到院中重洗面　金盆水裏潑銀泥

宿妝殘粉未明天　總在昭陽花樹邊　寒食內人長白打　庫中先散與金錢

衆中愛得君王笑　偷把金箱筆悅開　書破紅牋隔子上　旋推當直美人來

教遍宮娥唱遍詞　暗中頭白沒人知　樓中日日歌聲好　不問從初學阿誰
玉簫改調箏移柱　催換紅羅繡舞延　未戴石枝花帽子　兩行宮監在簾前
窗窗戶戶院相當　總有珠簾玳瑁牀　雖道君王不來宿　帳中長是炷牙香
紅燈睡裏喚春雲　月正三更直宿分　金砌雨來行步滑　兩人抬起隱花裙
嫌羅不著索輕繡　對面教人染褪紅　衫子成來一遍出　今朝看處滿園中
後宮宮女無多少　起得園中笑一遍　舞蝶落花相看著　春風我語亦應難
宛轉黃金白柄長　青荷葉子畫鴛鴦　把來不是呈新樣　欲進微風到御床
藥童食後送雲漿　高殿無風扇小涼　每到日中重掠鬢　又衣騎馬遠宮廊
朝元閣上風初起　夜聽霓裳玉露寒　宮女月中更聲立　黃金梯滑并行難

第四節　宮中一般婦女的精神生活

週而復始，年復一年，大同小異的生活，與人世隔絕有，委實驅使幾千婦女的注意力集中於一點，情感寄託於一人。這樣強迫幾千女人的幸福，為一個男子犧牲，任其予奪，侍候乞憐，未免太不公道，太殘酷了。尤其在夜深更靜的時候，寂寥與怨慕籠罩她們整個的心靈，只有白害猫兒在金階上吠着曉鶯，或者是窗前鸚鵡在學着人言與自己對話。因此靜極思動的本能，自然會發出反抗的呼聲。成日被迫度着奴顏婢膝的生活，會驅使在她們裏面還沒消失盡的人

性，無形中激起一股怒潮，雖然專制的高壓，只能使她敢怒而不敢言，而至採取一種可憐的形式。這便是唐代抒情詩的又一特色——宮詞中最普遍的哀怨文學。她們精神的出路，只能消極地自怨自艾，壓抑退守，所謂：「顏色如花命如葉」；或者是積極地鉤心鬥角，奪愛爭寵，個陷同類，保全自己，仔細分析，大都不出此兩類。但無論如何，痛苦則是相同的，如白居易怨詞云：

奪寵心邪憤　尋思倚殿門　不知移舊愛　何處引新恩

失敗的只有吞聲忍泣，如白居易後宮詞云：

雨露由來一點恩　爭能遍布及千門　三千宮女臙脂面　幾個春來無淚痕

彼此見面時還不能互訴心曲，一吐心中的積怨，如：

寂寂花時閉院門　美人相並立瓊軒　情含欲說宮中事　鸚鵡前頭不敢言（朱慶餘宮詞）

何等可憐！惟恐鸚鵡洩漏春光了，洩憤的辦法，只有「殘粧含淚下簾坐；」（白居易傷詞或）者是「閒踏落花獨自行，」（白居易殘春曲）別無他計可說。三千人誰僥倖獲到勝利了呢，便覺受寵若驚，榮逾封侯，如：

雲陛褰珠扆　天墀覆綠陽　隔簾妝隱映　向席舞低昂　鳴珮長廊靜　開水廣殿涼　歡餘劍履散　同輦入昭陽（買至侍宴曲）

其餘的人，只得沉重地悄悄囘房，一夜的心情怎樣？

露濕晴花春殿香　月明歌吹在朝陽　似將海水添宮漏　共滴長門一夜長（李益宮詞）

不過當她們看見得意洋洋同輦入昭陽的同伴，曾幾何時，又被送入長門宮了。這時兔死狐悲，物傷同類，不覺人人寒心自危，恨不能乞恩放還家鄉。可是「君門一入無由出」，那裏可能呢？他寫著說：

步行送入長門裏　不許來辭舊院花　只恐他時身到此　乞求恩赦放還家（王建宮詞）

白居易寫了一篇上陽人敍述民間一位知識簡單的女子，滿望送入宮中，得寵以遂壯志。不料被楊妃妬嫉，潛配上陽宮，度過一生，連皇帝的面，都無緣見到，一種失望的心情，着實慘憺，他寫著說：

……玄宗末歲初選入　時入十六今六十　同時采擇百餘人　零落年深殘此身　憶昔吞悲別親族　扶入車中不許哭　皆云入內便承恩　臉似芙蓉胸似玉　未容君王得見面　已被楊妃遙側目　妬令潛配上陽宮　一生遂向空房宿……

這時白髮如霜，徒傷昔日的打算俱成泡影。可憐上陽宮中，也不知葬送了多少寶貴的青春。總而言之，她們的精神生活，是單調，是沉悶，人人歸咎於命運，無法逃出那可怕的地獄，那痛苦的旋渦。

雖然，禁地是那麼森嚴，竟也有胆敢越過雷池，自尋精神出路的，探取的方式雖然是那麼可憐。如傳為佳話的天寶宮人，藉着御溝的流水，傳達情愫，漂出一片杏葉來，上面題詩云：

七七

一葉題詩出禁城　誰人酬和却含情　自嗟不及波中葉　盪漾乘春取次行

還有溫庭筠也有一首可疑的詩，名曰題贈知音，他說：

翠羽花冠碧樹雞　未明先向短牆啼　窗間謝女靑娥歛　門外蕭郎白馬嘶

澹煙斜月照樓低　上陽宮裏鐘初動　不語垂鞭過柳隄　殘暑微星當戶沒

這裏不能的確知道，究竟他們只是憑着流水作靑鳥，結着神交；抑是有其他消滅空間的實際辦法。不過上詩已經充分地說明了事實上無可諱言的眞實性。

第五節　失寵及衰老宮人

宮中婦女假若失寵了或衰老了，她們的生活是相當悲哀的。唐人詩中常提及長門上陽，同是描寫她們的苦況。這是兩個宮名，杜用上陽人是描寫的不復御用的宮人的養老院；崔顥齊瀣等的長門怨，是敍述的囚禁罪犯的宮中監獄。這兩庭是恨天是淚海，多少怨女在這兒度過她們毫無希望的殘生，銷磨她們純潔無辜的生命。如崔顥長門怨云：

君王寵初竭　　妾棄長門宮……泣盡無人問　容華落鏡中

齊瀚長門怨云：

燃燈孤思逼　　寂寂長門夜……將心託明月　流影入君懷

她們只有整天對着殘花飲泣，顧影自憐，把一顆素心託向明月，希望把自己的倩影，流入君王

的懷裏。可是這時正是「平陽歌舞新承寵，簾外春寒賜錦袍」的時候，君王的心早已被新進的歌舞佔住，顧及別人的塞暖，那裏還能想到長門宮被棄者的孤單和相思呢？

的確宮庭婦女精神上的痛苦，構成了唐代抒情詩一部份的精華。或託之於她們自己的手筆，或是當時的詩人，富有同情心，能體會到她們的處境和悲哀，用一種纏綿悱惻的聲調，在他們戰慄的手腕下，一一披露出來。無疑的這種作品，與世界最美的抒情詩比起來，亦無遜色；令千古以後的人讀了，還要垂淚。白居易上陽人和陵園妾描寫最深刻，現在就全部錄下，以作代表：

上陽人

上陽人 紅顏暗老白髮新 綠衣監使守宮門 一閉上陽多少春 玄宗末歲初選入 入時十六今六十 同時采擇百餘人 零落年深殘此身 憶昔吞悲別親族 扶入車中不教哭 皆云入內便承恩 臉似芙蓉胸似玉 未容君王得見面 已被楊妃遙側目 妒令潛配上陽宮 一生遂向空房宿 秋夜長 夜長無寐到天明 耿耿殘燈背壁影 蕭蕭暗雨打窗聲 春日遲 日遲獨坐天難暮 宮鶯百囀愁厭聞 梁燕雙棲老休妒 鶯啼燕去長悄然 春往秋來不記年 唯向深宮望明月 東西四五百回圓 今日宮中年最老 大家遙賜尚書號 小頭鞋履窄衣裳 青黛點眉眉細長 外人不見見應笑 天寶末年時世妝 上陽人 苦最多 少亦苦 老亦苦 少苦老苦兩如何 君不見昔時呂向美人賦 又不見今日上陽白髮歌

陵園妾

陵園妾　顏色如花命如葉　命如葉薄將奈何　一奉寢宮年月多　年月多　春愁秋思知何限

青絲髮落叢鬢疏　紅玉銷繁裙縷　憶昔宮中被妒猜　因讒得罪配陵來　老母啼呼趁旱別

中宮監送鎖門迴　山宮一閉無開日　未死此身不會出　松門到曉月徘徊　柏城盡日風蕭瑟

松門柏城幽閉深　聞蟬聽燕感光陰　眼看菊蕊重陽淚　手把梨花寒食心　把花掩淚無人見

綠蕪牆繞青苔院　四季徒支粧粉錢　三朝不識君王面　遙想六宮奉至尊　宣徽雪夜

浴堂春　雨露之恩不及者　猶聞不曾三千人　三千人　我爾君恩何厚薄　願令輪轉值陵園

三歲一來知苦樂

我們讀了這種記載，佛親眼看見了歷代宮庭中千萬婦女淒涼可憐的影兒，向着我們走來，鳴咽低泣。就是那位沈緬詩酒，甚麼都不在乎的天才詩人李白，也不免滴下幾點同情淚，嘆息道：「君情與妾意，各自東西流，昔日芙蓉花，今成斷根草，以色事他人，能得幾時好，」（妾薄命）宮庭中婦女眞能保全始終，正常度過一生的，不過少數中之最少數吧了！其中一個女子的得意，也不知犧牲了幾許他人的快樂和幸福。如楊貴妃可算是千古宮庭婦女中最得意的人了？可是朝夕所費的心計，使的手腕，也夠她精神的苦痛和重負了。然而她仍免不了馬嵬坡凡有一點現代歷史眼光的人，都知道當時大亂的因素，與她并不相干。所以即使女媧力能補天，精衛志足塡海，也萬分彌補不了歷代宮庭婦女所遭遇的缺憾。

最後說到宮中嬪女的來源。皇后及上級妃嬪大都選自貴族或顯官的家庭，其餘都是民間的女子，憑一紙詔令搜索得來的。自然也有一部份無知好虛榮的人，希圖以美色取得富貴，或者如白居易續古詩說：「歲華望漢宮，誰住黃金屋？」本人想避免勞動去住黃金屋，甘願被選進來的。但是社會上大多數人的態度，都以多選民女為一種殘酷不人道的暴政。目覩一羣羣靑春女子，被官府恫嚇利誘，送入禁地，斷送一生幸福，誰不憤恨？王昌齡寫民間畏懼逃避的情形說：

　　　錢塘江畔是誰家　　江上女兒全勝花　　吳王在時不得出　　今日公然來浣紗（浣紗女）

這雖是託古諷今的寫意之作，然正足彰明社會一般人的心理和感覺。又白居易更深刻地寫說：

　　……不取往者戒　　恐貽來者冤　　至今村女面　　燒灼成瘢痕（過昭君村）

與前詩有着同樣的意義，可以想見封建制度下一切虐待婦女的行為了。

　幸而道教當時貢獻她們一條比較可以得到解放的出路，一般普通待候宮役，未曾幸過或前途沒有希望的宮女，可以隨侍公主或本人自乞恩准入觀作女冠。中唐以後的詩人，對於此類記載更多，如杜牧入道云：

　　　願送仙女董雙成　　王母前頭作伴行　　初戴玉冠多愯拜　　欲辭金殿別稱名　　將敲碧落新齋磬
　　　却賜昭陽舊日箏　　日暮焚香繞壇上　　步虛猶作按歌聲

這樣旣有尊號，又可得到精神上的解放，至少可以超脫念懷宮禁中一切無益的愁腸妒意以及患

得患失的心情吧！

唐人詩中雖沒有明言，然而記載中往往可以發現比較自命開明的皇帝，在若干年中有赦放宮人的特例。然而實際多係衰老籠薄的宮女，她們的囚禁生活已久，精神上及生存的本能早已退化，不復能適應外間常人的生活。加之年代久遠，親故多亡，無處依歸，只有流落民間。這種無計劃不負責任的舉動，不但說不上解放，反而增加她們的痛苦。如：

桃熟亦曾君手賜　酒闌猶候妾歌終　如今還向城邊住　御水東流忘不通（項斯內宮入）

閒吹玉殿鉛華管　醉折梨花縹帶花　十年一夢歸人世　絳樓猶封繫臂紗（杜牧出宮人）

她們似乎不能理會自由人的意味，有戀戀不捨宮中物質享受的暗示。正因為如此，更可以反映她們的精神雖得了解放，物質生活又彷彿魔腕在壓迫她們了。

第六節　文學生活

當時宮庭裏皇后貴嬪以及宮人能詩的很多。能欣賞詩的尤多。加以一代女主——武則天的提倡鼓勵，一般婦女在文學上的興趣，更趨濃厚。武氏本人便好文學，她在位的時候，提倡不遺餘力。唐詩保留她的作品不少，或以為係他人代作，然而她能欣賞詩是可斷言。她當時賞識了一位女詩人上官婉兒，是上官儀的孫女。飛孫的詩同一風格，稱為上官體。全唐詩話對她有這麼一段記載：「初生時，其母夢一巨人，持稱與之曰：「持此以稱天下士」。後婉兒生，襁褓

時，其母常弄曰：「稱衡天下士者乃汝邪？」輒啞然應之，後亦驗」。（註三）武后每有制作，必命她屬筆。羣臣的作品，也命她評第甲乙。中宗對於文學的嗜好與他母同，每有遊幸，必令羣臣應制賦詩。帳殿前結一綵樓，坐着上官婉兒作閱卷官；一會兒紙落如飛，集立綵樓下的都是修文館的大學士，海內有名的文豪大詩人。各人讀了自己的評語，無不心服。她無形中領導了當時的詩壇，左右著一代的文風，欽佩之餘，更可想見當時宮廷婦女文學生活的一斑。

其他如長孫后的春宴曲，江妃的謝賜珍珠都能表現她們在文學上的能力。景龍四年五月五日移仗逢萊宮御大明殿會吐蕃騎馬之戲因爲柏梁體聯句內，帝后公主昭容均有聯句，足見宮庭婦女雖不見得人人都是詩人，普通說來誰都能寫幾句，此種風氣終有唐一代，一直保留着。甚至於宮人，多係民間的良家女子，能把心中的情感發洩爲詩的亦不在少數。全唐詩收集她們的作品很多，最膾炙人口的如：開元宮人袍中詩，天寶宮人杏葉詩，此外德宗宜宗僖宗時宮人均留有作品，此處不克一一舉出。

第七節　貴族婦女生活

貴族婦女係指皇室外戚以及大臣家有封號食邑的婦女而言。唐詩人對她們很少有特殊的記載，她們的生活與待遇，較之宮庭婦女，大抵不會有多大懸殊的。唐人詩記載最多的，莫過於楊貴妃的姊妹，杜甫麗人行描述她們春日野外踏靑的盛況，衣著的富麗，侍從的赫盛，炫耀道

途，引的一般平民姨羨不已。

凡遇朝廷有特殊慶典宴會，貴族婦女亦得按等級入宮參加。她們的封號是隨着丈夫或兒子的官級的。杜甫奉賀陽城郡王太夫人恩命加鄧國太夫人，序中明說因兒子晉封城陽郡王，所以母親得進封大國。又白居易也有一首妻初授邑號誥身的詩，中有兩句說：「我轉官階常自愧，君加邑號有何功」。這裏很顯明的也是因爲丈夫升了官階，妻子所以進封邑號。至於一般的貴族婦女，她們的一生不外乎裹任鳳冠霞帔中，循規蹈矩地銷磨了的，詩人們旣不去注意，此處也就無庸喋舌了。

註一　方輿紀勝
註二　尤袞：全唐詩話
註三　同上

第八章 女冠子生活

第一節 總敍

唐代皇室是提倡道教的。尊老子爲遠祖,奉爲玄元皇帝。雖然當時佛敎在社會上亦有相當勢力,可是因爲當局的擁護,道敎總要略佔上風,影響到婦女底信仰和生活非常的大。當時人把入道作爲不滿於現實的一條出路。男性每因考試下第,或因遭遇其他不得意,便入山修道,以求精神的超脫。所以唐代詩人兼爲道士的特多。婦女作女冠,更是相習成風。或因身世飄零,無所依歸;或因看破紅塵,另覓仙境,個中原因不一。唐人詩中關於這類記載甚夥。

女冠的成份包括貧富貴賤,顯然地宗敎已經拆毀了階級的藩籬,前章已略提過。唐代公主共二百十二人,幾佔十分之一——十九人——作了女冠,此外宫人更多,或因隨侍公主;或因裹老無望,樂意離開歌舞盛地,在各人腦海中架起空中樓閣來,過她們思想自由的神仙生活。于鵠有送宫人入道的詩說:

十五吹簫入漢宫　看修水殿種芙蓉　自傷白髮辮金屋　許著黃冠向雪峯　解語老猿開曉戶　學飛雛鶴落高松　定知別後宫中伴　遙聽緱山半夜鐘

又王建亦有送宮人入道詩說：

休梳叢鬢洗紅粧　頭戴芙蓉出未央　弟子抄將歌遍徹　宮人分散舞衣裳　問師初得經中字

入靜猶燒內裏香　發願蓬萊見玉母　却歸人世施仙方

還有妓女也是轉爲女冠的大本營。她們在風塵中受夠了風霜冷暖，自然也喜歡找一片淸靜地，以資休息。楊巨源觀妓人入道說：

荀令歌鐘北里亭　翠娥紅粉敬雲屛　舞衣施盡餘香在　今日花前學誦經

普通民間婦女，也靡然風從。韓愈寫她們瘋狂的狀態說：

……華山女兒家奉道　欲驅異敎歸仙靈　洗粧拭面著冠帔

眞訣　觀門不許人開局　不知誰人暗相報　俛然振動如雷霆　掃除衆寺人跡絕　驊騮塞路

連輜軿　觀中人滿坐觀外　後至無地無由聽　抽釵脫釧解環珮　堆金疊玉光靑熒　天門貴

人傳詔召　六宮願識師顏形　玉皇頷首許歸去　乘龍駕鶴來靑冥　豪家少年豈知道　來繞

百市脚不停　霓旌絳節悶怳惚　重重翠幔深金屛　仙梯難攀俗緣重　浪憑靑鳥通丁寧（華

山女）

當時的女冠份子旣複雜，入道動機自然難保一律純粹，加之男性素來蔑視女性人格，凡她們底行動，無不以誹笑態度處之，所以末段雜以微辭，甚麼「仙梯難攀俗緣重，浪憑靑鳥通丁寧，」一般遊冶少年，大湊熱鬧，塡街塞巷，踵相追隨，閒賞雜說，不一而足。上面的詩正足反映當

時女冠的狀況，以及社會對她們的態度和看法的一斑。

第二節　日常生活

她們每天照例機械地焚香誦經，別無他事可作。久而久之，最容易引起單調和煩悶的暗潮。有不少詩人憑他們敏銳的觀察，描寫她們底日常生活，很能給我們一些片斷的印象，如：

頭青眉眼細　十四女沙彌　夜靜雙林怕　春深一食飢　步慵行道困　起晚誦經遲……（白居易龍花寺主家小尼）

足見當時公主亦有爲尼的。上面寥寥數語中，很可以說明尼菴中一般的感覺和空氣。道觀中的生活亦大同小異：

霧袖煙裙雲母冠　碧琉璃罩丼水寒　焚香欲降三青鳥　靜拂梧桐上玉壇（李益逢舊女冠）

……落花何處堪惆悵　白頭宮人掃影堂（白居易春題華陽觀）

重幃深下莫愁堂　臥後淸宵細細長　神女生涯原是夢　小姑居處本無郎……（李商隱無題）

夕照窗前起暗塵　青松殿殿不知春　君看白髮誦經者　半是宮中歌舞人（盧綸過玉真公主影殿）

她們底生活環境，表面上是悠閒無擾的淸靜世界，然而外界一般人並不重視她們環境的改變，仍然牢牢記住她們是女性，他們底出身是宮人，是妓女。他們對着仙觀的時候，腦海中的

印像是甚麼呢？如：

　　日暮嗍花飛鳥過　月明溪上見青山　遙知玉女窗前樹　不是仙人不得攀（顧況夜中望仙觀）

或者裏面還有他們底舊情人：

　　別來老大苦修道　練將離心成死灰　平生意志消磨盡　昨夜因何入夢來（白居易夢舊）又

李羣山亦有月夜重寄華陽姊妹一詩說：

　　偸桃竊藥事難兼　十二城中鎖彩蟾　應共三英同夜賞　玉樓仍是水精簾

並不以爲她們作了女冠，而改變對付妓女的口吻。一方面對方的看法仍舊，一方面本人的俗緣也是眞的未脫。這種懸空年仙年凡的心情，內在的衝突自然猛烈，她們底精神生活，就可想而知了。

第三節　精神生活

上節已經提過女冠的份子複雜，入道原因又不一致，所謂「『』」偸桃竊藥事難兼；」儘日焚香誦經，以及一切淸規，恰巧把她們愈加驅進單調煩悶之城。況且原來就無所謂神仙道果，精神旣然抓不着寄託，情感得依然另找出路，淸規禮法及嚴厲的制裁，適足以造成她們精神上另一種的枯燥與壓迫。李涉六欸寫着說：

　　綺模香風翡翠單　淸明獨傍芙蓉藁　上有雲孿洞仙女欸垂羅掩　烟中語　風月頻驚桃李時

沧波久别鸳鸯侣　欲传一札孤飞翼　山长水远无消息　却锁重门一院深　半夜空庭明月色

春天的一切，就像一块石子，投入古井，激起了一阵猛烈的波澜，不觉离情别绪一齐都涌上胸头了。

还有一件最易促使她们底情感生活趋於极端者，就是她们自己底文学修养。当时女冠的成份是公主宫人歌妓舞女佔多数，她们便是当时妇女界的知识分子，她们对於文学有很高的修和欣赏力，对於自然界有极敏锐的感觉和领悟，这一切都能刺激她们底热情及怀友心。当时一般浪漫的诗人焉能不由隙而入？盛唐以后耐人寻味的无题诗特别多，内容若卽若离，辟句隐晦索解。但是谁都理会是暗射的女冠，假若我们不要故意给古人戴上道学的假面具的话。现在且看李商隐底无题诗：

昨夜星辰昨夜风　画楼西畔桂堂东　身无綵凤双飞翼　心有灵犀一点通……
来是空言去绝踪　月斜楼上五更钟　梦为远别啼离唤　书被催成墨未乾　蜡照半笼金翡翠
麝薰微度绣芙蓉　刘郎已恨蓬山远　更隔蓬山一万重

从情感的立场看来，这时男女底恋爱，已资进了一个新的阶级。因为这两种性交往，完全脱离了经济的因子，买卖的形式，而进到更深一层的精神爱恋。加之女冠中有公主宫人或许有其他有地位的妇女在内，这样无形中在男性底心坎上，提高了普遍一般女冠的地位。因为身分的

保持，以及她們自己文學情緒的修養，促使她們缺少勞動婦女的直率坦白，和妓女的卑屈猥褻，而起了昇華作用，出之於另一種形式。不是肉感的驅使，而是雙方平等精神的追求，情感格外來得眞摯深刻，纏綿悱惻，如「身無綵鳳雙飛翼，心有靈犀一點通，」「劉郞已隔蓬山遠，更隔蓬山一萬重，」「奉帚到死絲方盡，蠟炬成灰淚始乾，」這一切是何等眞摯的神交！西洋最羅曼的克的戀情亦不過如此。又如「蓬山此去無多路，靑鳥殷勤爲探看，」他們底交情已超脫形體的接觸，專憑情書作往還的工具了。李商隱更深刻而四顯地寫着說：

碧城十二曲闌干　犀辟塵埃玉辟塞　閬苑有書多附鶴　女牀無樹不棲鸞

雨過河源隔座看　若是曉珠明又定　一生長對水晶盤（碧城）

社會的監視是最嚴密的。此時女冠們縱談戀愛，寫情書，大概已成公開的祕密了。何況有少數大膽分子，鬧出過分浪漫的行動來呢？如：

合情春晓晚　暫見夜闌干　樓響將登怯　簾烘欲過難　多羞釵上燕　眞愧鏡中鸞　歸去橫

塘曉　華星送寳鞍（李商隱無題）

夜來曉往，神祕之極，度其意決不是尋常閨閣寫艷之作。因爲唐人貞節觀念素不濃厚，社交亦比較地公開，在唐人詩中很少發現這種戰戰競競偸偸摸摸舉動的描寫，只有想作神仙的貞女，才當嚴刻地在意，防範社會的發覺。雖然，社會上的諡言，漸漸多了，朝廷上亦慢慢注意起來。如李商隱記載說：

七夕來時先有期　洞房簾箔至今垂　玉輪顧兔初生魄　鐵網珊瑚未有枝　檢與神方敎駐景　收得鳳紙寫相思　武皇內傳分明在　莫道人間總不知（無題）

按李商隱同昨，有安康永與天長寧國與庚等公主，先後請爲道士，築觀於城外。乾符四年以主在外頗授人，詔盡入禁南內，（註二）此段意思出於新唐書公主傳，與上面的詩可以說是遙遙對照。旣然環境旣與她們如此嚴重壓迫，情感便鬱結形成一種異樣的沉悶，觀中的單調閒暇與死靜，造成心中的寂寞感，是非常的深刻。李商隱嫦娥云：

雲母屏風燭影深　長河漸落曉星沉　嫦娥應悔偷靈藥　碧海青天夜夜心

前兩句描寫的悠長的夜景，後兩句寫的她們抱恨的心情，他又寫她們對於人生的悵恨說：

錦瑟無端五十絃　一絃一柱思華年　莊生曉夢迷蝴蝶　望帝春心託杜鵑　滄海月明珠有淚　藍田日暖玉生煙　此情可待成追憶　只是當時已惘然

後人對於此詩頗有揣測，然而詩中充滿道家語，是指的女冠無疑。靜句中似乎浮着一層武濃厚的怨悔和無可奈何的心情，可見女冠在那淸靜的仙境裏，精神並不痛快，因爲道敎貢獻給她們的，只是幻想與虛空，僅僅轉變了她們精神苦痛的方向，并不能滿足她們的需要，而成爲精神寄託的對像啊！

幸而有文學可以寄託她們底情感，唐人詩中發見了不少的女冠詩人，最著名的要算魚玄機和李冶，現在她們二人就作我們的代表吧。

李冶的作品很多,劉長卿稱之為女中詩豪。她們的個性非常放蕩而又聰敏過人,她的詩也相同。放蕩的如送閻十六赴剡縣:「歸來重相訪,莫學阮郎迷。」俏皮的如八至:「至近至遠東西,至深至淺清溪,至高至明日月,至親至疏夫妻。」可謂貼切有趣。

魚玄機是咸宜觀女道士,有詩才,多警句,與當代大詞人溫飛卿酬和的作品很多,如冬夜寄飛卿云:

苦憶搜思燈下吟　不眠長夜怕寒衾　滿庭木葉愁風起　透幌紗窗借月沉……

起見當時女冠與文人詩詞唱和,并不足為奇。在她的詩中很可以看出她們對於詩的陶冶很深,抒情寫懷,藉吟詠發洩心頭的積悶;詩的空氣在一般的仙觀中,一定是很濃厚的。現在且看這位女冠詩人自己的記載吧。如:

獨憐無限思　吟罷亞枝松 (暮春有感寄友人)

擧筯齋梁寺　詩吟庾亮樓……臥牀書册遍　半醉起梳頭 (遣懷)

字字朝看輕碧玉　篇篇夜誦在衾裯　欲將香匣收藏却　且惜時吟在手頭 (和友人次韻)

又寫她的夏日生活說:

移得仙居此地來　花叢自遍不曾栽　庭前亞樹張衣桁　坐上新泉泛酒杯　軒檻暗傳深竹徑

綺羅長擁亂書堆　閒乘畫舫吟明月　信任輕風吹却囘

儼然名士生活,幾乎使人忘却她是垂羅掩縠中的女道士了。她們既有詩書作密友,精神生活一

定美滿多了。

第四節　附遊仙詩中的婦女

唐人詩有所謂遊仙詩一派，起於李白「逃避現實」的道家詩，以至於悟幻道人的神仙詩。楊啓高在唐代詩學一書裏面解釋說：「此派詩人因時局紊亂，苦悶不堪，遂幻想仙境以寄託其身心。」他們幻想着一個神仙境界，在精神方面過着逍遙自在的生活。如太上隱者有一首詩說：

偶來松樹下　高枕石頭眠　山中無曆日　寒盡不知年（答人）

這種方外詩或是道家詩，秦半係僧道所作，中以曹唐之遊仙詩及斐航之神仙詩，牽及婦女，吟詠仙凡戀愛同故事之處甚多，推究其原因，不外有兩個假定：

一、他們任幻想的神仙境內，精神固然得到解放，但是與生俱來的人性，或是本能，並不會因爲作了神仙而減少活動。換句話說，就是神仙國裏也不能單有男性，他必須有女性的存在。所以這一派的道家詩，起初不過只是充滿些逃避現實，痛苦和失意的神遊物外的幻想，但後來漸漸地也有婦女在那境界裏出現了。由此神人戀愛的故事逐步地活躍起來、

二、盛唐以後經過韓愈一般人，來過一次復古運動，他的別媤操，和孟郊的烈女操，很顯明地表示當時還有人對於女子的「真節」作着消極的鼓勵，而禮教的權威在社會上也就漸漸地伸

張了臉腕。中唐以後，蛛絲馬跡，這一類的證據，被發現的很多。例如新唐書有這麼一段記載說：「宣宗的女萬壽公主下嫁鄭顥，公主每進見，帝必諄勅諭誡，不可倚仗自己身分，要克盡婦道。並且明詔以後公主如逢夫死，有子不得復嫁。」從這段末了的兩句話看來，足見在此以前，公主夫死再嫁，是很普遍而且自然的。上層社會的人最講究禮節，統計晚唐以前，公主再嫁的金很自然，社會其他階層的人，更不用說了。根據新唐書的記載，統計晚唐以前，公主再嫁的金數達二十三人。而公主聲有意爲丈夫守節，也自此始。新唐書中還有一個最有力的佐證，就是第三節內提及的傳宗「以主等非外頗慢人」，把五位修道的公主召還南內，不許她們住在各人的觀內，這一切都證明當時社會對於男女的交往，尤其是女子的「貞節」問題，漸漸轉變態度，加以注意起來了。換言之，就是兩性間的自由漸漸弱化了。而恰巧這一派的作品都是出現於中晚唐，由此也可以證實這個假定，認爲這是婦女跑進遊仙詩的另一原因。

本來文人與女冠的戀愛，早已趨於精神化，神仙化，一問就沒敢露骨地直接加以描寫。現在禮教的潮流逐步高漲了，他們更要託語神仙把他們的受人寫成一位虛無飄渺的仙女，社會既管不著，而思想也可以自由，任意把他們想像中的對象無限制地擺佈。最著名的遊仙詩要算曹唐的大遊仙詩，小遊仙詩。大遊仙詩多半詠的西王母，麻姑，李夫人，織女懷牛郎等等前代的神話或故事。最有趣的就是劉阮洞中遇仙子，仙子送劉阮出洞，情景歷歷如繪，如：

天和樹色靄蒼蒼　　霞重嵐深路渺茫　　雲竇滿山無鳥雀　　水聲沿澗有笙簧　　碧紗洞裏乾坤別

紅樹枝前日月長　願得花間有人出　免令仙犬吠劉郎（劉阮洞中遇仙子）

殷勤相送出天台　仙境那能却再來　雲液既歸須強飲　玉書無事莫頻開　花當洞口應長在

水到人間定不迴　悵悵溪頭從此別　碧山明月照蒼苔（仙子送劉阮出洞）

劉郎走後，仙子非常想念他，曹唐又寫着說：

不將清瑟理霓裳　座夢那知鶴夢長　洞裏有天春寂寂　人間無路月茫茫　玉沙瑤草連溪碧

流水桃花滿澗香　曉露風燈零落盡　此生無處訪劉郎（仙子詞中有憶劉郎）

還有什麼玉女杜蘭香下嫁於張碩，王遠宴麻姑蔡經宅等，漢儼然是神女思凡，在想念劉郎了。

他的小遊仙詩，遇到仙緣，而且仙女還能下凡，食凡間的烟火食，甚至於下嫁凡人，不但凡人可能到仙境，遇河仙詩，人間烟火氣味更重。現摘錄幾首於下，以見一斑。

九天天路入雲長　燕使何由到上方　玉女暗來花下立　手按裙帶問昭王

玉皇賜姿紫衣裳　交問桃源嫁阮郎　爛煑瓊花勸君吃　恐君毛髮暗成霜

侍女親鏧玉酒巵　滿巵傾酒勸安期　等閒相別三千歲　長憶水邊分棗時

武皇含笑把金觥　更請寬裳一兩聲　護帳宮人最年少　舞腰時挈繡靴輕

絳國夫人下北方　細環清佩響叮噹　攀花笑入春風裹　偷折紅桃寄阮郎

閒來洞口等劉君　緩步輕搖玉線裙　旋擘桃花掃流水　更無言語倚彤雲

風動閒天清桂陰　水晶簾外冷沉沉　西妃少女多春思　斜倚彤雲盡日吟

這裏所寫的簡直是些神仙境界裏的歌妓舞女了，較之大遊仙詩，神仙意味更少，凡人意味漸多，裏面找不到「春蠶到死絲方盡」「心有靈犀一點通」一類的句子，只有一些風花雪月的遐想，偏重男性偏面的「酒」與「肉」的享受，缺乏熱烈的情操和兩性間應有的嚴肅的感覺。雖然遊仙詩中的婦女比妓女婆高貴一些，可是漢民族究竟是講現實，缺乏理想和浪漫的情操的，僅僅把婦女搬到神仙境裏如羚羊掛角，使人無迹可尋吧了。這使我聯想起女人的故事裏邊所提及的當歐洲中世紀的時候，有一派所謂「脫魯巴陀」的詩人，他們遊遍各城市堡壘，唱着自撰的歌曲，以「愛情」爲中心題材。他們在理想中虛構一個高尙的婦女作精神上愛慕的對像，把自己看作是她的僕人。他們這一種欽慕完全是美術的，情緒的。他們因爲把「愛情」看作高貴的東西，所以在他們的感覺裏也就無形中提高了地位。她們不復是一件被管的財產，而是一個被瞻仰的典型。反觀遊仙詩派的詩人對於那些神仙婦女仍然脫不了現實的，形而下的感覺，那怕她們變成了神仙，仍然是供人享受的東西。總而言之，遊仙詩派的婦女，是仙而人化，「脫魯巴陀」詩派的婦女，是人而仙化。所以遊仙詩中的婦女實際上並不是神聖高貴的仙女，所謂神仙化的只不過是她們的居處，衣飾，飲食而已。

其次還有神仙詩，亦是道家詩的一種，作者多爲男女道士，當時殆已成爲社會上的一般的風氣。他們并不是把凡人搬到仙境，而是仙人現到凡人日常平凡的境界裏來。可見這些作者們的心裏的概況了。如吳筠懷有一首贈文簫可作代表。

若能相伴陟仙壇　應得文簫賀采鸞　自有繡襦幷畫帳　瑤臺不怕霜與寒

詩後有這麼一段本事說：

「鍾陵西山館，中秋遊女甚盛。太和末，有書生文簫，覩一姝甚妙，相盼不去，歌曰：（卽本詩）。歌罷，穿大松徑，捫山險上升。生躡其踪，姝相引至絕頂，忽風，雨有仙童持天判云：『吳彩鸞私慾，謫民妻一紀』。乃與生下歸松陵。」

這大概是在深山中碰見了一位修道的女冠了吧！光怪陸離，來這麼一大套，想像構設旣不高明，詩句又極俚俗，說不上高尙的理想和情操！較之遊仙詩更遜一等，有些近乎淸代小說聊齋誌異的那些鬼怪之流，不過爲文人一時的無聊和退想，藉以寄意的東西吧了。從另一方面看來，更可以證明我前面的兩個假定：反映着當時社會對於女子貞節觀念的加强，和禮敎勢力的膨脹。兩性的情感旣不能像採蓮女船娘那樣直率自然，又不能如歌妓舞女那樣放蕩大胆，所以最好只能捏造這些神仙故事來作烟幕。因爲神仙是誰也管不了的啊。這種「神祕」與「形而下」的趨向，不但降低男子對於女性的尊敬，而且加强卑鄙和猥褻的感覺。從此以後，兩性間健全的關係，更降落到水平線以下了，換句話說，也就是更加促進婦女各方面不健全的畸形的發展，而使之更加深刻化起來。

註　宋祁：新唐書公主列傳　開明書店鑄版

第九章 結論

第一節 當時社會對於女子的感覺及要求

古代自從男性征服女性後；社會上便產生許多男尊女卑的哲理，支配了三千年中國婦女的生活事實上在周代宗法社會成立以後，這種哲理便已奠定了穩固的根基。（註一）小雅斯干云：「乃生男子，載寢之牀，載衣之裳，載弄之璋，其泣喤喤，朱芾斯皇，室家君王。」（註二）同樣子，載寢之地，載衣之裼，載弄之瓦，無非無儀，惟酒食是議，無父母詒罹。」（註二）乃生女的兩個無幸新生的小生命，可是人對於他們的待遇和期望是如此懸殊。此後一代一代變本加厲，加緊對於婦女的歧視與虐待。陳東原釋這種演變的動機說：「宗法社會中有一個特殊面最不平等的觀念，便是婦人非「子」，「子」是滋生長養之意。男子的尊稱，能傳宗接代的吧！仲年老無子；按古制當出妻，但是他却說：「無兒雖薄命，有妻偕老矣！幸免生別離，猶勝商陵氏。」「和微之聽妻別鶴操依韻四句）可見他的態度是反對無子出妻的。然而仍免不了有生女兒是累贅的感覺，晚年連生三個女兒，他煩惱萬分說：

又說：「弓冶將傳汝，琴書勿墜吾。」(阿崔)生了女兒是煩惱，是命中之魔；生了兒子是祖宗陰德，是傳家之活寶。在他作的長恨歌裏，如：「遂令天下父母心，不重生男重生女。」充分表現當時人因楊貴妃一門驟貴，一種反常的心理。並不是人們眞的重看女兒，相反的正足以說明一般人恨惡生女的深刻性。

女子到了夫家，首要的職責是生子，其次是作主婦，換言之即將整個生命寄託於丈夫，伏侍他和他的父母。白居易很悲切地同情女子說：「人生莫作婦人身，百年苦樂由他人。」(太行路)當時認爲最完美標準典型的婦女，有白居易的蜀路石婦詩可以代表一般人對於婦女的要求：

道路一石婦　無記復無銘　傳是此鄉女　爲婦老且貞　十五嫁邑人　十六夫征行　夫行一十載　婦獨守孤煢　其夫有父母　老病不安寧　其婦執婦道　一如禮經　晨昏問起居　恭順發心誠　藥餌自調節　膳羞必甘馨　夫行竟不歸　婦德轉光明　後人高其節　刻石像

婦形　儼然整衣巾　若立在閨庭　似見舅姑禮　如聞環珮聲　至今為婦者　見此孝心生

不比山頭石　空有望夫名

背熟一部禮經，仔細照着去作，這是大衆認為最理想的婦人了。

第二節　男女兩性不同的心理

孔子說：「惟女子與小人難養也」。足見自古以來，女子的人格是被蔑視的。任唐人詩中也常遇到同樣的暗示。妓女只是供玩弄的工具。雖然有少數特出的薄得男子的推重，可是對於她們的傾倒只是她們的文學天才，并不是她們的人格。甚至以六禮聘娶的髮妻，亦不過只是家庭倫常系統中之機器而已。男子可以自由提出離異，婦女唯有聽命，不能反抗，白居易大聲疾呼抱不平說：

人言夫婦親　義合如一身　及至死生際　何曾苦樂均　婦人一喪夫　終身守孤子　有如林中竹　怒被風吹折　一折不重生　枯死猶抱節　男兒若喪婦　能不暫傷情　應似門前柳　逢春易發榮　風吹一枝折　還有一枝生……

最後作者鄭重為婦女訴冤說：

為君委曲言　願君再三聽　須知婦人苦　從此莫相輕（婦人苦）

像作者這樣公正的態度，從「人」的立場來看婦女，在中國歷史上亦不多見。歷來男性中心社

會設立的雙重道德標準，在男女兩性中間劃分一道鴻溝，兩邊的苦樂是極端不均。因此婦女的心理重同穴偕老，男子的心理好喜新厭舊。女人有的是束縛，男人有的是自由。久而久之，相沿成習；男子逐漸忘懷婦女也是同他們一樣的有人格有靈魂有感情有慾望，一樣地是血肉能感到痛苦的同類了。所以在張祜詩中竟發現以愛妾換馬的奇事。臨別時，馬的嘶聲和妾的啜泣竟在物主的心坎上微微地引起同樣的顫動。因為在傳統上習慣上他早已根本不能領會馬與女人天性上價值上有甚麼分別了。

男子既享有取捨的絕對自由，女子就不得不苦苦修斷自己以取媚於男子。這種取媚求存的心理，陳東原說得最好，他說：「這是婦人在男子手腕下討生活，不得不然的現象。」「遺毒留在今日的社會裏，所以我們今日不容易找得出健全的女性」。（註四）李太白看出這個癥結的所在，也嘆息說：「以色事他人，能得幾時好？」（妾薄命）此顰欸息與悲哀，在唐人詩中遺下多少血淚的痕跡。

第三節　建設對於女性新的觀念和心理

從另一方面說來，唐代下層勞動婦女的生活，雖缺乏物質豐富的享受，可是却沒有禮教的束縛。中上層的婦女恰巧相反，前面已討論過。然而禮教的網是愈張愈寬，繩索是愈收愈緊的。到了宋代理學家出來，已是登峯造極。此後迄於晚清，婦人的鐵枷——「三從四德」的迴

論，攻進窮鄉僻壤每個匹夫匹婦的心靈中，牢不可破，把江中每條自由的小魚統一網打盡了。

所以自唐以後，婦女的生活是一步比一步艱難，直到歐美解放的鐘聲傳到東方，方將中國的婦女從陰沉的古墓中復活過來。

最後要把哈德亨利的一段話，譯在下面作爲結束。以兩人的眼光來分析中國與歐美對於婦女的觀念以及兩性關係根本的區別，是非常有趣的。

最大區別是兩性間「愛」的觀念。西方人感覺「愛情」是一神祕的物件，是人類生存的希望和目標，更是西方詩人最首要的的願望。在他的感覺中，女子是最理想的表現。一個男人的天職，假若他確定自己夠得上資格的話，就是要獲得一個女人而保有她。詩人每每會把自己幻想成一個愛人，同時也絲毫不遲疑地披露自己的心與靈，嘆息、祈禱、哭泣、追求，讓全世界都知道他熱烈的情緒，西方人絕不以之爲恥或不文夫氣，只要他的行爲是正大光明的。

反之在中國人，這種兩性間的關係是很平淡的。也許是中國的婚約與婚姻制度作了這種態度的因子；否則，或許是牠的後果。在大多數中國人的觀念中，確實婦女是被看作附屬的弱者。她們的天職就是爲滿足男性的肉慾，作生育的工具，操持家務的女僕，延專嗣命於她們的夫君或家主。兩性關係在此種立場之下，必然地「愛情」是成功了次要或附屬的事物；甚至在中國的詩歌裏，也只是被放在無關重要的地位。中國詩人很少寫出美麗的詩來

歌詠戀人或夫婦中間的愛情的。出乎意料之外，女詩人倒比較大門得多，寫出許多戀詩，其中熱烈的情緒，甚而比起西方的抒情詩和戀歌，亦無遜色。

西方人生活中洋溢的「愛」的情緒，中國人大多數寄託在友誼上。我們常從我們的妻子或愛人覓取同情、諒解、友誼和慰藉。中國人卻最先轉向他們的朋友；並且也只能在朋友身上獲得理智上的交換和友誼。因為除了娼妓以外，只有男子有享受教育的專利啊！所以中國詩裏邊，僅僅充滿了朋友間互相交換的人生快樂與憂愁，同時那裏最高理想的友誼，往往產生了中國最美麗的抒情詩。（註五）

這是哈德先生在他譯的中國詩（The Hundred Names）前面有一篇中國詩的精神（The Spirit of Chinese Poetry）裏邊的幾段話。我覺得他這種分析和比較是含有相當眞理的。因為中國古代許多矯揉造作逆乎人情的倫常禮法，確實把兩性的正常關係，戴上一個虛偽的假面，而使之趨向畸形的道上發展。若干年來不但婦女痛苦，反過來男人又何嘗有眞正的幸福？因為人本能地是需要同等理智的異性來慰藉了解和愛護的，決不能長久機械地受不合人情的理論操縱指使。因為順着人情的規條，是促使生活的美滿；反乎人情的章法，是妨礙人內心自然的發展。唐人因為道學氣比較的稀薄，不去矯裝掩飾，卻自命風流，把他們最高的情緒向着不相干的人發洩。當我讀唐人詩的時候，不覺連帶地發生一個感想，就是今日自命為新文化的前進

者，宜就中國的民族性和環境把對於婦女的觀念，從哲理上來一個新的合理的完善的確定和建設，把兩性關係奠定在精神上眞正互相尊重平等的原則上。這是心理和觀念逐漸的改變，不是僅僅一些日常瑣碎不相干的事物上的平等。為着要美其名曰「新式」「洋化」，表面掛的羊頭，實際賣着狗肉，是萬不能有濟於事的。因為「人」與「人」最密切的連繫，莫過於兩性的關係；假若相互間不能有合理的健全的立場，婦女的生活前途永遠蹭蹬，整個社會的生活也決不會走上眞正美滿幸福的道路。章錫琛在女人的故事一書的跋上面說：「我們知道一個時代或一個國土的文化程度高低的反映，我們不能從十五世紀發見一個居里夫人……（註六）那麼婦女生活中的一切問題，便成了整個人類的迫切問題了。

註一　陳東原：中國婦女生活史，第一頁，商務印書館，民國二十六年七月。

註二　詩經小雅

註三　陳東原：同上，第二頁。

註四　同上，第一〇頁

註五　Hart, Henry H.: The Hundred Names, PP5—3, Berkely, University of California Press, U.S.A. 1938.

註六　胡學勤譯（George. U. L. 原著）：女人的故事，第二二四頁。

參考書目錄

尤袤：全唐詩話，無錫清芬室藏板，乾隆甲午年。

白居易：白香山集

杜甫：杜少陵集

李義山：李義山詩集。

宋祁：新唐書后妃列傳。

同上：新唐書公主列傳。

周壽昌：宮闈文選，小蓬萊山館藏板，道光二六年。

胡學勤譯（W. L. George原著）：女人的故事。

陳東原：中國婦女生活史，商務，民國二六年七月。

陳顧遠：中國古代婚姻史，商務，民國一四年八月。

徐梓徐元正校刊：御定全唐詩錄，康熙四五年。

梁乙眞：清代婦女文學史，中華，民國二一年。

陸侃如馮沅君：中國詩史，卷中，商務，民國二四年。

楊啓高：唐代詩學，正中，民國二四年。

劉昫：舊唐書后妃傳。

同上：舊唐書列女傳。

Hart, Henry H: The Hundred Names, PP. 5—6, Berkeley, University of California Press, 1933.